Das kleine Gespenst

Otfried Preußler

Das kleine Gespenst

Mit Zeichnungen von F. J. Tripp

Thienemann

Ausgezeichnet durch die Aufnahme in die Auswahlliste des
DEUTSCHEN JUGENDBUCHPREISES

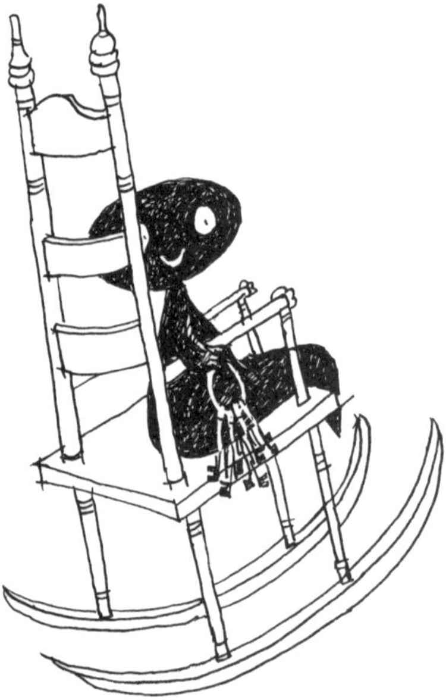

Preußler, Otfried:
Das kleine Gespenst (Filmausgabe)
ISBN 978 3 522 18351 2

Einbandgestaltung und -typographie: Oliver Freudenreich,
unter Verwendung von Fotos von Walter Wehner

Gesamtausstattung: F. J. Tripp
Satz: KCS GmbH, Buchholz/Hamburg
Druck und Bindung: GGP Media GmbH, Pößneck

6 5 4 3 2°   13 14 15 16

www.thienemann.de
www.preussler.de
www.das-kleine-gespenst.de

Auf Burg Eulenstein hauste seit uralten Zeiten ein kleines Gespenst. Es war eines jener harmlosen kleinen Nachtgespenster, die niemandem etwas zuleide tun, außer man ärgert sie.

Tagsüber schlief es in einer schweren, eisenbeschlagenen Truhe aus Eichenholz, die stand auf dem Dachboden, wohl versteckt hinter einem der dicken Schornsteine, und kein Mensch hatte eine Ahnung davon, dass sie eigentlich einem Gespenst gehörte.

Erst des Nachts, wenn im Städtchen Eulenberg, das zu Füßen der Burg lag, die Rathausuhr Mitternacht schlug, erwachte das kleine Gespenst. Pünktlich beim zwölften Glockenschlag öffnete es die Augen und reckte und streckte sich. Dann kramte es unter den alten Briefen und Urkunden, die ihm als Kopfkissen dienten, den Schlüsselbund mit den dreizehn Schlüsseln hervor, den es ständig mit sich herumschleppte. Es schwenkte ihn gegen den Truhendeckel – und augenblicklich hob sich der Deckel von selber und klappte auf.

Nun konnte das kleine Gespenst aus der Truhe heraussteigen. Dabei stieß es jedes Mal mit dem Kopf gegen eine der vielen Spinnweben, denn dieser entlegene Teil des Dachbodens, den seit Jahren kein Mensch betreten hatte, war ganz und gar zugesponnen und schrecklich verstaubt. Auch die Spinnweben hingen voll Staub. Sobald man sie nur berührte, kam er in dichten Schauern herabgerieselt.

„Hatzi!"

Das kleine Gespenst musste jedes Mal niesen, wenn es der Truhe entstieg, an die Spinnweben stieß und den Staub in die Nase bekam. Es schüttelte sich ein paarmal, um richtig wach zu werden. Dann schwebte es hinter dem Schornstein hervor und trat seinen mitternächtlichen Rundgang an.

Wie alle Gespenster hatte es überhaupt kein Gewicht. Es war luftig und leicht wie ein Streiflein

Nebel. Nur gut, dass es niemals ohne den Schlüsselbund mit den dreizehn Schlüsseln die Runde machte! Der leiseste Windhauch hätte genügt, um es auf und davon zu wehen, wer weiß wohin.

Das war aber nicht der einzige Grund, weshalb das kleine Gespenst den Schlüsselbund ständig mit sich herumtrug. Es brauchte ihn nämlich bloß durch die Luft zu schwenken – da öffneten sich sofort alle Türen und Tore auf seinem Weg! Und zwar öffneten sie sich von selbst, einerlei, ob verriegelt oder verschlossen, ob zugeklinkt oder nur angelehnt. Genauso war es mit Truhendeckeln und Schranktüren, mit Kommoden und Reisekoffern, ja selbst mit Ofenklappen und Schubfächern, Dachluken, Kellerfenstern und Mausefallen. Ein Wink mit dem Schlüsselbund und sie öffneten sich; ein zweiter Wink und sie schlossen sich wieder.

Das kleine Gespenst war sehr froh darüber, dass es den Schlüsselbund mit den dreizehn Schlüsseln besaß. „Ohne ihn“, dachte es manchmal, „wäre das Leben bedeutend schwieriger ...“

Bei schlechtem Wetter verbrachte das kleine Gespenst die Geisterstunde zumeist in den Räumen des Burgmuseums, zwischen den alten Bildern und Rüstungen, den Kanonen und Spießen, den Säbeln und Reiterpistolen. Es machte sich einen Spaß daraus, die Ritterhelme mithilfe des Schlüsselbundes auf- und zuschnappen zu lassen; es rollte die steinernen Kanonenkugeln auf dem Fußboden hin und her, dass sie nur so rumpelten; und zuweilen, wenn es gerade Lust hatte, hielt es Zwiesprache mit den Damen und Herren auf den goldgerahmten Gemälden im Rittersaal.

„Guten Abend, mein Bester!", sagte es beispielsweise, wenn es dem Bildnis des Burggrafen Georg-Kasimir gegenübertrat, der vor ungefähr fünfhundertfünfzig Jahren gelebt hatte und ein ziemlich ungehobelter Mensch gewesen war. „Entsinnst du dich jener Nacht im Oktober damals, als du mit deinen Kumpanen gewettet hattest, du werdest mich fangen und eigenhändig zum Fenster hinauswerfen? Ich muss sagen, du hast mich mit deiner Wette ganz schön in Wut gebracht! Darum darfst du es mir nicht übel nehmen, dass ich dir tüchtig Angst gemacht habe. Aber musstest du deshalb gleich selbst aus dem Fenster springen, noch dazu, wo sich das Fenster im dritten Stock befand? Zum Glück bist du ja im schlammigen Burggraben glimpflich gelandet. Du wirst jedoch zugeben müssen, die Sache hätte auch schiefgehen können ..."

Oder es verneigte sich vor dem Bild der wunderschönen Pfalzgräfin Genoveva Elisabeth Barbara,

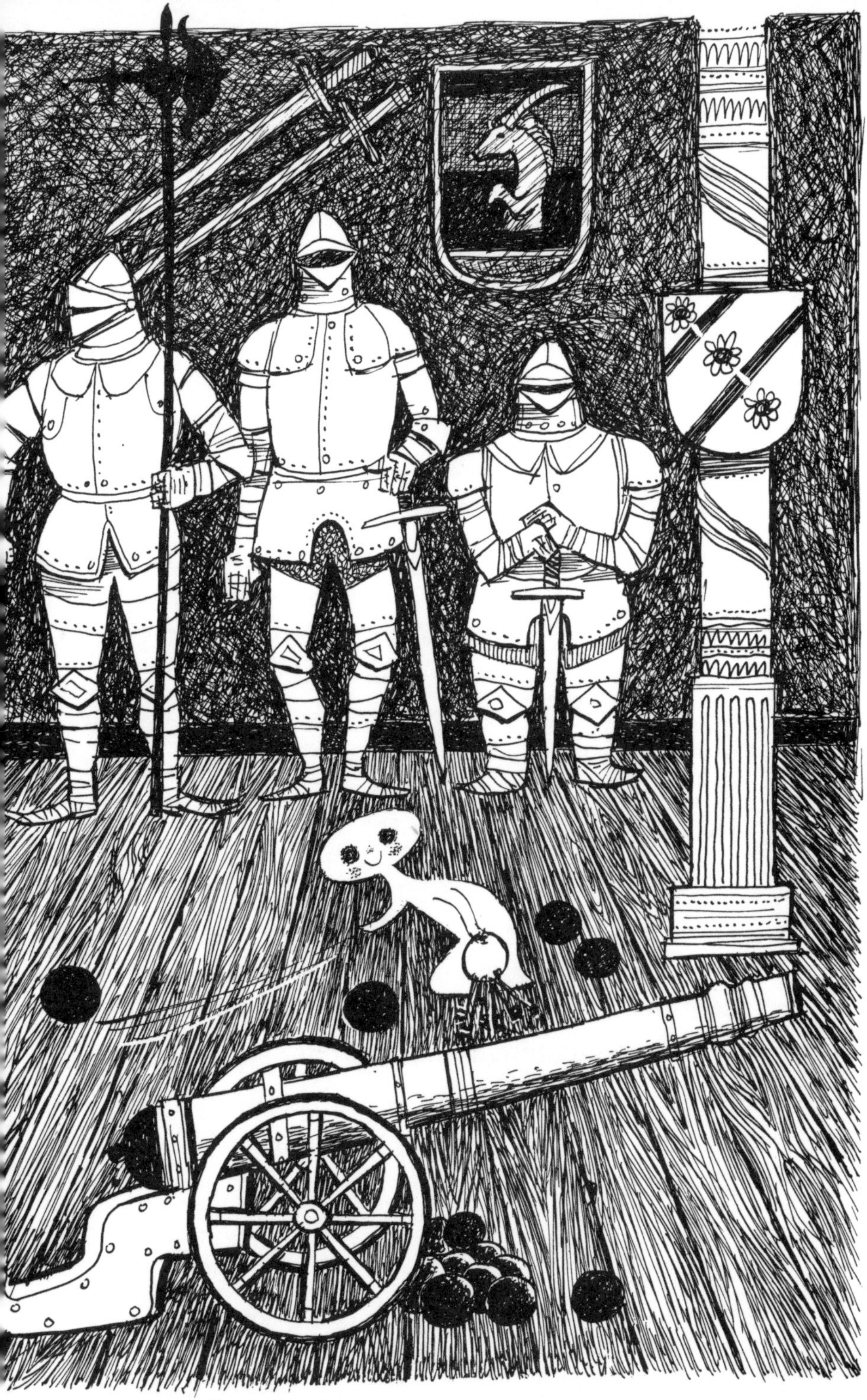

der es vor einigen vierhundert Jahren geholfen hatte, ihre kostbaren goldenen Ohrringe wiederzufinden, die eine Elster ihr von der Fensterbank wegstibitzt hatte.

Oder es stellte sich vor den feisten Herrn mit dem roten Knebelbart und dem Spitzenkragen über der Lederweste, der kein Geringerer war als der gefürchtete schwedische General Torsten Torstenson. Er hatte vor dreihundertfünfundzwanzig Jahren mit seiner Armee die Burg Eulenstein und das Städtchen belagert; doch schon nach wenigen Tagen hatte er eines Morgens das Lager abbrechen lassen und war mit seinen Soldaten unverrichteter Dinge davonmarschiert.

„Nun, General?", lachte das kleine Gespenst, wenn es Torstensons Bild betrachtete. „Wie ich fürchte, zerbricht man sich in gelehrten Kreisen noch heute den Kopf darüber, was Sie damals wohl zu dem hastigen Abzug bewogen hat ... Aber seien Sie unbesorgt, General, ich behalte die Sache für mich. Höchstens, dass ich sie einmal dem Uhu Schuhu erzähle, der eine Schwäche für solche Geschichten hat. Doch das wird Sie nicht weiter stören, hoffe ich."

Wenn das Wetter es halbwegs zuließ, begab sich das kleine Gespenst vom Dachboden schnurstracks ins Freie hinaus. Wie köstlich die kühle Nachtluft schmeckte, wie leicht und frei es sich atmete unter dem weiten Himmel!

Besonders liebte das kleine Gespenst die Mondnächte.

Hoch auf den silbrigen Mauern von Zinne zu Zinne zu hüpfen, wenn einen die Strahlen des Mondes aufleuchten ließen, weißer als eine Wolke Schneestaub: Ja, das war herrlich! Da fühlte das kleine Gespenst sich so glücklich und wohl, dass es immerzu vor sich hin kichern musste: „Hi-hi-hi-hiii! Wie schön ist es auf Burg Eulenstein, wenn der Mond scheint! Hi-hi-hi-hiiiiii!“

Manchmal spielte das kleine Gespenst mit den Fledermäusen, die des Nachts aus ihren Schlupfwinkeln hervorkamen und die Türme der Burg umflatterten; manchmal sah es den Mäusen und Ratten zu, wie sie bei den Kellerfenstern aus und ein huschten; und manchmal lauschte es auch den Katzen bei ihrem Konzert oder es fing einen taumelnden Nachtfalter in der hohlen Hand.

Aber am liebsten besuchte das kleine Gespenst seinen alten Freund, den Uhu Schuhu. Er hauste in einer hohlen Eiche am äußersten Rand des Burgberges, wo die Felsen steil nach dem Fluss hin abfielen. Der Uhu Schuhu freute sich jedes Mal, wenn ihn das kleine Gespenst besuchen kam. Auch er schlief bei Tag und erwachte erst gegen Mitternacht. Er war alt und sehr weise und achtete streng darauf, dass man ihm stets mit der nötigen Ehrerbietung begegnete. Selbst von dem kleinen Gespenst ließ er sich nicht

duzen, was ihrer Freundschaft jedoch keinen Schaden tat.

Gewöhnlich setzte sich das kleine Gespenst neben den Uhu Schuhu auf einen Ast und dann erzählten sie sich zum Zeitvertreib Geschichten: lange Geschichten und kurze, alte und neue, Geschichten zum Lachen, zum Weinen oder zum Nachdenken, wie sie ihnen gerade einfielen.

Eines Nachts, als das kleine Gespenst wieder einmal

zu der hohlen Eiche gekommen war, meinte der Uhu Schuhu: „Sie wollten mir, wenn ich mich recht erinnere, einmal die Sache mit diesem schwedischen General erzählen. Hieß er nicht Borstensohn?"

„Torstenson", sagte das kleine Gespenst. „Torsten Torstenson."

„Und wie war das mit dem?"

„Ach, das war eigentlich furchtbar spaßig, wissen Sie. Es ist ja nun dreihundertvierundzwanzig – nein, warten Sie, dreihundertfünfundzwanzig Jahre ist das nun her. Nächsten Monat, am 27. Juli, da jährt es sich. Damals kam dieser Torstenson eines Tages mit seinen Schweden hier angerückt. Fußvolk, Kanonen und Reiterei, viele Tausend Soldaten und Offiziere. Die haben rund um die Burg und das Städtchen ihre Zelte aufgeschlagen und dann haben sie Laufgräben ausgehoben und Schanzen gebaut. Und natürlich haben sie ihre verdammten Kanonen aufgefahren und haben die Burg und das Städtchen beschossen."

„Ich stelle mir vor, das war wenig angenehm", meinte der Uhu Schuhu.

„Nicht angenehm?", sagte das kleine Gespenst. „Einfach ekelhaft war es! Es rumste und krachte den ganzen Tag und die halbe Nacht lang. Ich habe ja glücklicherweise keinen empfindlichen Schlaf, mich bringt nichts so leicht aus der Ruhe. Doch damals?! Es war nicht zum Aushalten, sage ich Ihnen! Dieser Kanonendonner in einem fort und das Krachen und Splittern im Mauerwerk, wenn die Kugeln einschlugen! Eine halbe Woche lang habe ich diesen Höllenlärm über mich ergehen lassen, dann bekam ich es satt!"

„Und haben Sie etwas dagegen tun können?", fragte der Uhu Schuhu.

„Gewiss doch! Ich habe mir diesen Torstenson einmal vorgeknöpft. Gleich in der nächsten Nacht bin ich zu ihm hin, in das Generalszelt, und habe ihm meine Meinung gesagt."

„Standen denn keine Wachen vor seinem Zelt?"

„Und ob da Wachen gestanden haben! Ein Leutnant mit zwanzig Mann, oder lassen Sie's fünfundzwanzig gewesen sein. Sie haben mich aufhalten wollen und haben mit ihren Säbeln und Spießen nach mir gestochen und der Leutnant hat sogar die Pistole gezogen und einen Schuss auf mich abgefeuert. Aber Sie wissen ja: Säbel und Spieße können mich nicht verletzen und Kugeln fügen mir keinen Schaden zu; das geht alles durch mich hindurch wie durch Rauch und Nebel. Man hat mich nicht hindern können, ich bin in das Generalszelt hineingehuscht."

„Und als Sie drin waren?", fragte der Uhu.

„Da habe ich diesem Torstenson ordentlich eingeheizt. ‚Wenn dir dein Leben lieb ist', habe ich ihm gedroht und dabei mit den Armen gefuchtelt und schrecklich herumgefaucht, ‚wenn dir dein Leben lieb ist, dann brich die Belagerung auf der Stelle ab und verschwinde mit deinen Soldaten auf Nimmerwiedersehen!'"

„Und der Herr General?"

„Der hat dagestanden, barfuß, im spitzenbesetzten

Nachthemd, und hat mit den Zähnen geklappert und grässliche Angst gehabt. Und dann ist er vor mir auf die Knie gefallen und hat um Gnade gebettelt. ‚Verschon mich!‘, hat er gerufen, ‚verschon mich! Ich will alles tun, was du von mir forderst!‘ Da habe ich ihn beim Kragen gepackt und ein bisschen gebeutelt. ‚Das möchte ich aber auch hoffen!‘, habe ich ihm geantwortet. ‚Morgen früh rückst du ab von hier! Und lass es dir ja nicht einfallen, jemals wiederzukommen, verstanden? Lass dir das ja nicht einfallen!‘ “

„Donnerwetter! – Und Torstenson?“

„Torstenson hat pariert. Am nächsten Morgen, dem Morgen des 27. Juli, ist er mit seiner Armee davongezogen. Hals über Kopf sind sie abgerückt, Reiterei, Kanoniere und Fußsoldaten, er selber mit seinem Feldherrnstab vorneweg.“

„Und – er ist tatsächlich nie mehr wiedergekommen?“, wollte der Uhu wissen.

„Tatsächlich nie mehr“, sagte das kleine Gespenst und kicherte.

Reden wir nicht vom Tageslicht

Die Geschichte vom kleinen Gespenst und dem großen schwedischen General Torsten Torstenson war zu Ende. Eine Zeit lang hockten die beiden Freunde schweigend auf ihrem Ast und blickten ins Tal hinab: auf den Fluss, der im Mondlicht schimmerte, und auf die Türme und Dächer des Städtchens Eulenberg mit ihren Wetterfahnen und Schornsteinen, ihren Treppengiebeln und Erkern. Man konnte die wenigen späten Lichter zählen und zusehen, wie sie eins um das andere ausgingen: hier eines – dort das nächste.

Das kleine Gespenst auf Burg Eulenstein stieß einen tiefen Seufzer aus.

„Schade", sagte es, „dass ich den Fluss und das Städtchen immer nur nachts sehe, wenn der Mond scheint, und niemals bei Tageslicht!"

Der Uhu ließ ein verächtliches Knurren hören.

„Reden wir nicht vom Tageslicht", bat er, „mir tun bei dem bloßen Wort schon die Augen weh! Ich finde, der Mondschein ist hell genug, heller mag ich es gar nicht."

„Und trotzdem!", meinte das kleine Gespenst. „Trotzdem möchte ich einmal die Welt bei Tag erleben, ein einziges Mal nur! Bloß, um den Unterschied kennenzulernen. Ich könnte mir denken, dass das sehr lehrreich wäre für mich ... Und sehr aufregend ..."

„Pfuh!", entrüstete sich der Uhu. „Wie kommen Sie bloß als vernünftiges kleines Gespenst auf solch ausgefallene Wünsche?! Glauben Sie mir, lieber Freund – ich bin einmal bei Tageslicht unterwegs gewesen und habe für alle Zeiten genug davon!"

Das kleine Gespenst horchte auf.

„Davon weiß ich ja gar nichts, das müssen Sie mir erzählen, Herr Schuhu! Am besten jetzt gleich!"

Der Uhu plusterte sein Gefieder auf, spitzte die Ohren und schüttelte sich. Es schien ihm nicht leichtzufallen, mit dieser Geschichte herauszurücken.

„Es war", begann er, „in meinen jungen Jahren. Damals unternahm ich von Zeit zu Zeit ausgedehntere Flüge in die Umgebung des Eulensteins, teils, um zu jagen, und teils aus Neugier. Dabei geschah es mir einmal, dass ich mich in der Zeit irrte – und was meinen Sie: Plötzlich merke ich, dass der Morgen graut! Na, ich kann Ihnen sagen! Zum Eulenstein waren es mindestens sieben Meilen. Ob ich ihn noch erreichte, ehe die Sonne aufging? Ich flog, was die Flügel hergaben, aber die Sonne war schneller. Etwa auf halbem Weg überraschte sie mich. Ich musste sogleich die Augen schließen, weil ihre grellen Strahlen mich blendeten ... Wissen Sie, wie es einem zumute ist, wenn man fliegen muss, ohne etwas dabei zu sehen?"

„Ich kann es mir ungefähr denken", sagte das kleine Gespenst.

„O nein!", rief der Uhu Schuhu. „Niemand vermag sich das vorzustellen, der es nicht selbst erlebt hat. Sie dürfen mir glauben, es war entsetzlich. Aber das Allerentsetzlichste kam erst noch!"

An dieser Stelle hielt es der Uhu Schuhu für angezeigt, eine Pause zu machen, erstens, um sich zu räuspern, und zweitens der größeren Spannung wegen. Das kleine Gespenst rutschte unruhig auf dem Eichenast hin und her.

„Und was war das Entsetzlichste?“, fragte es.

„Das waren die Krähen“, sagte der Uhu Schuhu. „Auf einmal hörte ich ihr Gekrächze. Es musste ein ganzer Schwarm sein, dreißig bis vierzig von diesen heiseren Schreihälsen. Das Gesindel entdeckt mich und merkt, dass ich blind und hilflos bin. Da kommt es herbeigeflattert, umschwärmt mich und krächzt

mir aus nächster Nähe die Ohren voll mit den scheußlichsten Schimpfworten, die ich je gehört habe. Aber noch nicht genug damit! Eine der Krähen wird übermütig und hackt im Vorbeifliegen mit dem Schnabel nach mir. Ich kann mich nicht wehren, die anderen sehen das – und schon fallen auch sie mit den Schnäbeln und Krallen über mich her, dass ich

glaube, im nächsten Augenblick ist es aus mit mir. Es war fürchterlich, lieber Freund, es war höllenmäßig! Wie ich es fertiggebracht habe, trotzdem nach Hause zu finden, das weiß ich selbst nicht. Mehr tot als lebendig bin ich in meiner Höhle angekommen. Hier war ich in Sicherheit vor dem Krähenschwarm, aber fragen Sie nicht, wie ich zugerichtet war! Übel, übel, mein Lieber!"

Der Uhu schlug mit den Flügeln, als gelte es, die Erinnerung an jenen unglückseligen Morgen abzuschütteln.

„Und darum", beschloss er seine Geschichte, „habe ich mir geschworen, in Zukunft immer darauf zu achten, dass ich bei Tagesanbruch zu Hause bin. Wir Nachtgeschöpfe sind für das Tageslicht eben nicht geschaffen. Auch Sie nicht, verehrter Freund, Sie ganz besonders nicht!"

In der nächsten Zeit wurde das kleine Gespenst immer öfter und immer heftiger von dem Wunsch geplagt, sich die Welt bei Tageslicht anzusehen. Mochte der Uhu Schuhu dagegenreden, so viel er wollte!

„Ich glaube nicht, dass mir viel passieren könnte", dachte es. „Notfalls habe ich ja den Schlüsselbund, um mich damit zur Wehr zu setzen. Und außerdem bin ich unverwundbar. Was soll mir da schon geschehen?"

Solche Gedanken macht man sich nicht umsonst. In einer der letzten Juninächte war es so weit, das kleine Gespenst entschloss sich dazu, seinen Wunsch zu verwirklichen. Was es dabei zu tun hatte, war ihm völlig klar: „Ich darf mich am Ende der Geisterstunde nicht schlafen legen wie sonst – ich muss wach bleiben, bis es tagt. Das ist alles."

Wenn die Geisterstunde zu Ende ging, wurde das kleine Gespenst immer sterbensmüde. Auch heute verspürte es kurz vor ein Uhr den unwiderstehlichen Drang, zu gähnen, und gleichzeitig merkte es, wie ihm der Kopf und die Glieder schwer zu werden begannen. Da setzte es sich auf den Rand seiner Eichentruhe (sicher ist sicher) und nahm sich vor: „Nicht nachgeben, kleines Gespenst! Bloß nicht nachgeben!"

Doch was vermag so ein kleines Nachtgespenst gegen seine Natur? Als die Rathausuhr ein Uhr morgens schlug und die Geisterstunde herum war, fühlte das kleine Gespenst, dass ihm schwindlig wurde. Es musste für eine Sekunde die Augen schließen – und als es sie wieder öffnete, drehte sich alles im Kreis: der Schornstein, der Mond vor dem Giebelfenster, die Spinnweben und die Dachsparren: Alles drehte und drehte sich – bis das kleine Gespenst nicht mehr wusste, wo unten und oben war. Da verlor es das Gleichgewicht, kippte hintenüber in seine Truhe und schlief auf der Stelle ein.

Es schlief bis zur nächsten Mitternacht und als es erwachte, war es enttäuscht und ärgerlich, ärgerlich auf sich selbst. Doch es wollte die Hoffnung so rasch nicht aufgeben.

„Heute klappt es vielleicht umso besser", sagte es sich. „Ich versuche es jedenfalls gleich noch einmal!"

Aber der zweite Versuch misslang ebenso wie der erste und auch beim dritten Mal hatte das kleine Gespenst kein Glück mit dem Wachbleiben.

„Wenn ich bloß einen Ausweg wüsste!", dachte es in der vierten Nacht.

Heute war schlechtes Wetter. Der Regen prasselte auf das Dach, in den Schornsteinen heulte der Wind, in den Regenrinnen gluckste das Wasser. Voller Missmut begab sich das kleine Gespenst in das Burgmuseum. Georg-Kasimir und die anderen Grafen und Ritter blickten spöttisch aus ihren goldenen Rahmen (so wenigstens kam es ihm vor) und der General Torstenson zog ein Gesicht, als wollte er im nächsten Augenblick in ein schallendes Gelächter ausbrechen.

„Das fehlt mir gerade noch, dass ihr euch über mich lustig macht!", schimpfte das kleine Gespenst.

Es wollte dem General samt den Grafen und Rittern den Rücken kehren – da sah es in einer der Glasvitrinen die goldene Uhr liegen: Torstensons Taschenwecker, den er seinerzeit in der Eile des Aufbruchs verloren hatte und der später auf allerlei

Umwegen als Erinnerungsstück in das Burgmuseum gelangt war. Das kleine Gespenst hatte früher schon manchmal mit Torstensons Wecker gespielt, daher wusste es damit umzugehen, und darauf baute es seinen neuen Plan.

„Ich hoffe, du hast nichts dagegen, mein lieber Torstenson, wenn ich mir deinen Taschenwecker ein wenig ausleihe", sagte es schmunzelnd. „Du musst nämlich wissen, dass ich ihn außerordentlich gut verwenden kann ..."

Es schwenkte den Schlüsselbund, öffnete die Vitrine und holte die Uhr heraus. Dann zog es sie auf und eilte damit zurück auf den Dachboden, wo es zufrieden in seine Truhe stieg und den Wecker auf neun Uhr früh stellte.

„Wenn ich mit einem Ohr auf der Uhr liege", dachte es, „werde ich unbedingt wach, wenn das Läutwerk rasselt, da kann nichts schiefgehen!"

Es sollte sich leider herausstellen, dass sich das kleine Gespenst schon wieder einmal verrechnet hatte. Der Wecker des Generals hat zwar pünktlich um neun gerasselt, aber das kleine Gespenst hat ihn nicht gehört. Es hat einfach weitergeschlafen bis nachts um zwölf. Erst als die Schläge der Mitternachtsglocke vom Rathaus zur Burg heraufklangen, ist es aufgewacht.

„Ich möchte bloß wissen, wie so etwas möglich ist!", überlegte es und versuchte sein Glück mit dem Wecker ein zweites und drittes Mal – aber stets mit dem gleichen Misserfolg.

Da entschloss es sich in der folgenden Nacht dazu, Torstensons goldene Taschenuhr wieder an ihren Platz in der Glasvitrine zurückzulegen, und das war

gut so. Denn inzwischen hatten die beiden Museumsaufseher den Verlust des kostbaren Stückes bemerkt und es hatte eine Riesenaufregung gegeben. Sogar die Polizei war benachrichtigt worden und der Herr Kriminaloberwachtmeister Holzinger hatte festgestellt: „Da müssen ganz ausgekochte Burschen am Werk gewesen sein. Eine solche Vitrine knacken, ohne dass hinterher die geringsten Spuren zu finden sind, das bringen nur Leute fertig, die eine Menge davon verstehen!"

Ja – und nun lag die goldene Taschenuhr also wieder an ihrem Platz, als sei nichts geschehen. Mochten sich morgen früh die Museumsaufseher ruhig den Kopf zerbrechen, wie sie dahin gekommen war! Dem kleinen Gespenst war das einerlei, das kleine Gespenst hatte seine eigenen Sorgen. Es erzählte die ganze Geschichte dem Uhu Schuhu und fragte ihn: „Können Sie sich erklären, wieso mich der Wecker des Generals nicht geweckt hat?"

Herr Schuhu blinzelte mit den Augen, als müsse er über die Frage des kleinen Gespenstes angestrengt nachdenken. Aber als weisem Uhu war es ihm selbstverständlich bekannt, dass zu jedem Gespenst auf Erden eine bestimmte Uhr gehört und dass es allein von dem Gang dieser einen Uhr abhängt, wann das Gespenst erwacht und wieder einschläft.

„Und die Uhr, lieber Freund, auf die es bei Ihnen ankommt", hätte er sagen können, „das ist, wie Sie wissen sollten, die Rathausuhr unten im Städtchen Eulenberg. Sie – und nur sie allein – bestimmt über Ihre Zeit. Selbst wenn Sie ihre Glockenschläge einmal nicht hören könnten, müssten Sie ihr gehorchen. Dagegen können Sie gar nichts machen, weder mit Ihrem Willen noch mit dem Taschenwecker des Generals. Sollten Sie unbedingt einmal zu einer anderen Stunde erwachen wollen als sonst, dann wäre das nur zu erreichen, indem Sie die Rathausuhr um die gewünschte Zeitspanne vor- oder nachstellen. Aber das würde ich Ihnen nicht raten. Da lassen Sie, glaube ich, besser die Finger davon ..."

Dies alles hätte der Uhu Schuhu dem kleinen Gespenst also antworten können, wenn er gewollt hätte. Aber er hielt es für klüger, sein Wissen für sich zu behalten. Womöglich hätte das kleine Gespenst es sonst fertiggebracht, an der Rathausuhr herumzudrehen – und wer weiß, ob das gut gegangen wäre.

Nein, es war wirklich besser, wenn er dem kleinen Gespenst davon nichts verriet. Darum sagte er ausweichend: „Wissen Sie, lieber Freund – ich an Ihrer Stelle würde mich damit abfinden, dass es auf Erden gewisse Dinge gibt, die sich nicht ändern lassen.

Dazu gehört es ganz offensichtlich, dass man als Nachtgespenst nicht am Tag herumgeistern kann. Das sollten Sie einsehen und sich damit zufriedengeben."

Fast ein Wunder

Das kleine Gespenst war sehr traurig, es ließ in den folgenden Nächten häufig den Kopf hängen. Nach allem, was es erlebt hatte, glaubte es nicht mehr daran, dass es ihm je vergönnt sein werde, die Welt bei Tag zu sehen. Aber man weiß ja, dass Wünsche mitunter gerade dann in Erfüllung gehen, wenn man am allerwenigsten damit rechnet.

Seit dem Gespräch mit dem Uhu Schuhu war eine knappe Woche vergangen.

Wieder einmal schlug die Rathausuhr zwölf und wie immer erwachte das kleine Gespenst mit dem letzten Glockenschlag. Es rieb sich den Schlaf aus den Augen, es reckte und streckte sich, wie es seine Gewohnheit war. Dann entstieg es der Truhe, stieß mit dem Kopf an die Spinnweben, musste niesen –

„Hatzi!" – und kam schlüsselrasselnd hinter dem Schornstein hervorgeschwebt.

Aber nanu, wie verändert der Dachboden heute aussah! War er nicht sehr viel heller als sonst, viel geräumiger?

Durch die Ritzen zwischen den Dachziegeln schimmerte goldenes Mondlicht herein, daran lag es wohl.

Goldenes Mondlicht?

Mondlicht ist silberweiß, manchmal mit einem Stich ins Bläuliche … Aber golden?

„Wenn es kein Mondlicht ist", überlegte das kleine Gespenst, „– was denn dann?"

Es huschte zum nächsten Dachfenster, um einen Blick ins Freie zu werfen – aber sogleich fuhr es wieder zurück und hielt sich die Augen zu.

Das fremde Licht draußen war so grell, dass sich das kleine Gespenst erst langsam daran gewöhnen musste. Vorsichtig blinzelnd schaute es aus dem Fenster. Es verstrich eine ganze Weile, bis es die Augen öffnen und richtig hinsehen konnte.

„Ah!", rief es aus und staunte.

Wie hell war die Welt heute! Und wie bunt sie war!

Bisher hatte das kleine Gespenst gemeint, dass die Bäume schwarz seien und die Dächer grau. Nun merkte es, dass sie in Wirklichkeit grün und rot waren.

Jedes Ding hatte seine besondere Farbe!

Türen und Fensterrahmen waren braun angestrichen, die Vorhänge in den Wohnungen bunt gemustert. Im Burghof lag gelber Kies, die Grasbüschel auf den Mauern leuchteten saftiggrün, vom Turm wehte eine Fahne mit roten und goldenen Streifen – und hoch über allem wölbte sich klar und strahlend der prächtige blaue Sommerhimmel, an dem ein paar einzelne weiße Wölkchen dahintrieben, klein und verloren wie Fischerboote auf einem weiten Meer.

„Herrlich, ganz herrlich!“, jauchzte das kleine Gespenst und kam aus dem Staunen gar nicht heraus.

Es dauerte einige Zeit, bis ihm klar wurde, was geschehen war.

„Sollte ich wirklich einmal bei Tag erwacht sein?“

Es rieb sich die Augen, es zwickte sich in die Nase – wahrhaftig, es träumte nicht!

„Es ist Tag, es ist heller Tag!“, rief das kleine Gespenst außer sich vor Freude.

Wie und warum sich gerade heute sein Wunsch erfüllt hatte, wusste es nicht.

Vielleicht war ein Wunder geschehen?

Wer konnte das sagen …

Aber dem kleinen Gespenst war es einerlei.

„Hauptsache“, dachte es, „dass ich mir endlich einmal die Welt bei Tag betrachten kann! Los jetzt, ich darf keine Zeit verlieren, ich muss mich ein wenig genauer umsehen auf dem Eulenstein!“

Schatten und Sonne

Neugierig eilte das kleine Gespenst die Bodenstiege hinunter. Es wischte ins Treppenhaus, schwebte vom dritten Stock in den zweiten, vom zweiten Stock in den ersten, vom ersten ins Erdgeschoss. Dann huschte es in die Vorhalle, die auf den Burghof führt.

Aber der Zufall wollte es, dass ausgerechnet an diesem Vormittag der Herr Oberlehrer Thalmeyer mit seiner vierten Klasse im Burgmuseum gewesen war – und dass er mit seinen Schülern gerade in diesem Augenblick von der anderen Seite her in die Halle kam. Als die Kinder das kleine Gespenst erblickten, fingen die Mädchen zu kreischen an und die Buben schrien: „Herr Thalmeyer, ein Gespenst! Ein Gespenst, Herr Thalmeyer!“

Das gab einen Heidenlärm in der Vorhalle und das kleine Gespenst, das an Kindergeschrei nicht gewöhnt war, bekam einen solchen Schreck davon, dass es schleunigst Reißaus nahm. Es sauste zur Tür hinaus, auf den Burghof.

Da meinten die Kinder, das kleine Gespenst habe Angst vor ihnen.

„Schnell, schnell!", riefen ein paar Buben. „Wir wollen ihm nachlaufen und es einfangen!"

„O ja!", schrien alle Übrigen, „einfangen, einfangen! Aber geschwind, sonst entwischt es uns!"

Bevor der Herr Oberlehrer Thalmeyer sie daran hindern konnte, rannten alle siebenunddreißig Kinder der Klasse los, um das kleine Gespenst zu fangen. Sie stürmten mit Indianergeheul durch die Halle und drängten zur Tür hinaus.

„Seht ihr es? Seht ihr es?", riefen die, die am weitesten hinten waren; und die, die am weitesten vorn liefen, schrien: „Dort drüben rennt es!"

Das kleine Gespenst hielt sich möglichst lange im Schatten der Burgmauern, denn es scheute wie alle Nachtgeschöpfe das volle Sonnenlicht. Im Übrigen hatte es seinen Spaß daran, von den Kindern gejagt zu werden.

„Schreit ihr nur!", dachte es. „Wenn ihr glaubt, dass ich vor euch Angst habe, irrt ihr euch!"

Einmal ließ es die Kinder auf wenige Schritte herankommen. Als aber die vordersten Buben es packen wollten, schlug es plötzlich einen Haken – und seine Verfolger purzelten auf die Nase.

„Das ist gut, das ist sehr gut!", dachte das kleine Gespenst. „Das versuchen wir gleich noch ein paarmal ..."

Auch beim zweiten Mal klappte die Sache großartig.

Aber beim dritten Mal passte das kleine Gespenst nicht auf, da geriet es beim Ausweichen aus dem Mauerschatten hinaus in das pralle Sonnenlicht.

Nun geschah etwas Seltsames!

Kaum hatte der erste Sonnenstrahl es berührt, als das kleine Gespenst einen furchtbaren Schlag auf den Kopf bekam, der es fast zu Boden warf. Laut aufheulend schlug es die Hände vor das Gesicht und begann zu taumeln. Im gleichen Augenblick riefen die Kinder: „Ui, seht doch! Was ist denn mit dem Gespenst los? Zuerst war es weiß – und jetzt ist es auf einmal schwarz! Es ist schwarz wie ein Schornsteinfeger!"

Das kleine Gespenst hörte die Kinder schreien, ohne sie zu verstehen. Es fühlte, dass irgendetwas mit ihm geschehen war, was es sich nicht erklären konnte. Woher sollte es denn auch wissen, dass

Gespenster vom ersten Sonnenstrahl, der sie trifft, schwarz werden?

„Ich muss weg!“, war sein einziger klarer Gedanke. „Weg muss ich! Weg von hier!“

Doch wohin in der Eile? Zurück auf den Dachboden konnte es nicht, weil die Schulkinder ihm den Weg versperrten … Aber der Brunnen dort, in der Mitte des Burghofes! Wenn es sich in den Brunnen stürzte? Im Brunnen war es in Sicherheit. Vor den Kindern und vor den Sonnenstrahlen …

Das kleine Gespenst überlegte nicht lang. Es eilte zum Brunnen und sprang hinein.

Als die Kinder das sahen, erschraken sie furchtbar.

„Herr Thalmeyer!", riefen sie. „Schnell! Das Gespenst hat sich in den Brunnen gestürzt!"

Herr Thalmeyer glaubte nicht an Gespenster. Er war überzeugt, dass ein Mensch in den Brunnen gefallen war.

„Um Himmels willen!", rief er und rang die Hände.

„Was für ein Unglück, Kinder! Wir müssen sofort um Hilfe rufen! Schreit, Kinder, schreit!“

Herr Thalmeyer und die siebenunddreißig Schulkinder riefen um Hilfe. Sie riefen so laut, dass der Burgverwalter und die beiden Aufseher aus dem Museum und alle Leute, die gerade da waren, um die Burg zu besichtigen, herbeigestürzt kamen und ganz entgeistert fragten, was denn um Gottes willen geschehen sei.

„Stellen Sie sich vor“, stammelte Herr Thalmeyer, „jemand ist in den Brunnen gefallen!“

„Etwa eines von Ihren Schulkindern?“, fragte der Burgverwalter entsetzt.

„Glücklicherweise nicht, sondern ...“

„Sondern?“

Herr Thalmeyer zuckte die Achseln.

„Ich weiß es nicht“, sagte er. „Aber wir alle haben gesehen, wie er hineingefallen ist – und ich finde, wir müssen unbedingt alles tun, um ihn wieder herauszuholen!“

Im Brunnenschacht

Auf dem Grund des Brunnenschachts, der gut und gern seine vierzig Meter tief war, stand Wasser. Das Wasser war schwarz und kalt. Das kleine Gespenst hatte nicht die geringste Lust, damit in Berührung zu kommen. Es fand in der Brunnenwand einen Vorsprung, der breit genug war, um sich daraufzusetzen. Hier ließ es sich nieder und sah auf den dunklen Wasserspiegel hinab.

Von unten blickte ihm eine schwarze Gestalt entgegen. Die schwarze Gestalt hatte weiße Augen und trug einen Schlüsselbund in der Hand – einen Schlüsselbund, an dem dreizehn Schlüssel hingen. Daran erkannte das kleine Gespenst, dass die schwarze Gestalt in der Tiefe sein eigenes Spiegelbild war.

„Huch, wie ich aussehe!“, rief es entsetzt. „Ich bin ja ganz schwarz geworden! Von oben bis unten schwarz! Das einzige Weiße an mir sind die Augen. Sie leuchten so grell, dass es richtig zum Fürchten ist. Ich bekomme gleich vor mir selber Angst! Huch!“

Noch immer brummte dem kleinen Gespenst der Kopf. Es fühlte sich schrecklich elend und mitgenommen.

„Ich möchte bloß wissen, warum ich schwarz geworden bin“, fragte es sich. „Und der furchtbare Schlag auf den Schädel vorhin! Wenn ich nur daran denke, wird mir ganz schwindlig ... Sicher war es das Sonnenlicht, das mir den Schlag versetzt hat. Das Sonnenlicht hat mich wahrscheinlich auch schwarz gemacht ... Das hätte ich vorher wissen sollen! Dann wäre ich hübsch in meiner Truhe geblieben und hätte mich keinen Zentimeter hinausgerührt ...“

Das kleine Gespenst warf seinem Spiegelbild einen giftigen Blick zu.

„Schrecklich, mir vorzustellen, dass ich mein ganzes weiteres Leben als schwarzes Scheusal verbringen soll! – Ob es vielleicht ein Mittel dagegen gibt:

ein Mittel, das einen wieder weiß macht ...? Hoffentlich, hoffentlich!"

Während das kleine Gespenst im Brunnen hockte und nachdachte, war der Burgverwalter in sein Büro gelaufen und hatte die Feuerwehr alarmiert. Kurz darauf kam mit Tatütata ein Feuerwehrauto zum Burgtor hereingebraust, darin saßen ein Feuerwehrhauptmann und sieben Feuerwehrleute.

Der Feuerwehrhauptmann ließ sich vom Burgverwalter und vom Herrn Oberlehrer Thalmeyer berichten, was vorgefallen war, und nachdem er einen Augenblick nachgedacht hatte, legte er zwei Finger an seinen goldenen Feuerwehrhauptmannshelm und sagte: „Ganz klar, meine Herren! Einer von meinen Männern muss in den Brunnen steigen und den Verunglückten bergen."

Er wandte sich an die sieben Feuerwehrleute und fragte: „Wer meldet sich freiwillig?"

Jeder der sieben Feuerwehrleute legte die rechte Hand an den Helm und rief: „Ich, Herr Hauptmann!"

Da wählte der Feuerwehrhauptmann den Kleinsten und Schmächtigsten seiner Männer aus. Dem hakten sie ein langes Seil an den Feuerwehrgürtel und der Hauptmann hängte ihm eigenhändig eine Laterne um den Hals und sagte: „Machen Sie's gut, mein Lieber!"

Langsam und vorsichtig stieg der Feuerwehrmann an einer Strickleiter in den Brunnenschacht, während ihn seine Kameraden an dem langen Seil, das sie ihm an den Gürtel gehakt hatten, festhielten.

Das kleine Gespenst sah den Feuerwehrmann mit der Laterne im Brunnen heruntersteigen. Es fühlte sich ziemlich unbehaglich, denn es konnte sich ausrechnen, wann er unten ankommen und es entdecken würde.

„Und was dann?“, überlegte das kleine Gespenst.

Es blickte sich in dem dunklen Brunnenschacht um. Schräg

gegenüber von seinem Sitzplatz entdeckte es eine niedrige Eisentür in der Brunnenwand. Ein mächtiges altes Schloss hing davor.

Wohin diese Tür wohl führte?

Rasch schwenkte das kleine Gespenst den Schlüsselbund. Die Eisentür tat sich auf und es zeigte sich, dass dahinter ein schmaler unterirdischer Gang begann.

„Ah, ein Geheimgang!", dachte das kleine Gespenst.

Es schlüpfte hinein und hinter ihm schloss sich die Eisentür, wie wenn nichts gewesen wäre.

„Gut so", sagte das kleine Gespenst, „ausgezeichnet! Nun können sie draußen mit ihrer Laterne suchen, so lang sie wollen. Hier bin ich in Sicherheit. Und hier bleibe ich, bis es Mitternacht schlägt. Dann kehre ich durch den Brunnen zurück auf den Dachboden und die Sache hat sich."

Wohin führt der Geheimgang?

Bisher hatte das kleine Gespenst gemeint, dass es ihm nur in der Eichentruhe möglich sei, richtig und fest zu schlafen. Aber nun stellte es sich heraus, dass das gar nicht stimmte. Auch auf dem feuchten Steinboden des Geheimganges ließ es sich prächtig schlummern – so prächtig, dass sich das kleine Gespenst beim Erwachen nur mühsam darauf besinnen konnte, wie es hierhergeraten war.

Zwar hatte es diesmal das Läuten der Mitternachtsglocke nicht hören können, bis hier unten drang ja kein Laut aus der Oberwelt; dennoch war es davon überzeugt, dass es zwölf Uhr nachts sei. Es fühlte sich herrlich ausgeschlafen wie immer, wenn es beim zwölften Mitternachtsglockenschlag in der Truhe erwacht war.

Das Einzige, was es hier unten vermisste, waren die Spinnweben und der Staub.

„Zu dumm, dass mich nichts in der Nase kitzelt!", dachte es. „Wenn ich nach dem Erwachen nicht niesen kann, fehlt mir ganz einfach etwas."

Wie gestern beschlossen, wollte das kleine Gespenst durch den Brunnenschacht in die Burg zurückkehren. Aber als es daranging, die eiserne Tür zu öffnen, kam ihm ein neuer Gedanke: „Wie wäre es, wenn ich dem Gang nach der anderen Seite folgte? Ich möchte herausbekommen, wohin er führt."

Das kleine Gespenst war begeistert von seinem neuen Plan. Es klemmte sich den Schlüsselbund unter den Arm und begann dem Geheimgang zu folgen. Da es im Dunkeln sehen konnte wie eine Katze, war das nicht weiter schwierig. Tiefer und immer tiefer schwebte es in den unterirdischen Gang hinein – bis es an eine Stelle kam, wo er sich gabelte.

Einen Augenblick lang stutzte das kleine Gespenst.

„Soll ich mich rechts halten oder links?", überlegte

es. „Schwer zu sagen! Am besten, ich zähle es an den Schlüsseln ab: rechts … links … rechts … links … rechts … links …"

Die Schlüssel entschieden für rechts. Also gut! Ohne Zögern schwebte das kleine Gespenst in den rechten Gang hinein. Feucht war es hier. Feucht und kalt. Von Zeit zu Zeit huschte ihm eine Ratte über den Weg. Oder waren es Mäuse? Blitzschnell tauchten sie aus der Finsternis auf, blitzschnell verschwanden sie wieder. Sie ließen dem kleinen Gespenst keine Zeit, sie zu fragen, wohin der Geheimgang führte.

„Irgendwo wird er schon enden", dachte das kleine Gespenst.

Bald kam es wieder an eine Gabelung. Der Einfachheit halber hielt es sich diesmal nach links. Dann teilte sich der Gang immer öfter und öfter. Dem kleinen Gespenst wurde klar, dass es in ein weitverzweigtes Netz von unterirdischen Gängen geraten war. Der ganze Eulenstein und seine Umgebung waren davon unterhöhlt.

„Wie viel Mühe mag es gekostet haben, die Gänge anzulegen!", dachte das kleine Gespenst. „Ich beneide die Leute nicht, die sie in den Felsen gehauen haben. Das muss eine elende Schufterei gewesen sein!"

An manchen Stellen waren die Gänge baufällig, dann musste das kleine Gespenst über Berge von

Schutt und Geröll hinweghuschen. Einmal kam es sogar an ein starkes Eisengitter, das rechts und links in den Felsen eingemauert war und den Gang versperrte. Öffnen ließ sich das Gitter nicht. Aber wozu auch? Gespenster können sich ja ganz dünn machen, wenn es nottut. Es war für das kleine Gespenst ein Kinderspiel, zwischen den Gitterstäben hindurchzuschlüpfen.

Nach einigen weiteren Metern stellte es sich heraus, dass der Gang zu Ende war. Er mündete in ein schmales, senkrechtes Felsenloch, das oben mit einer eisernen Falltür verschlossen war.

„Wohin sie wohl führen mag?", überlegte das kleine Gespenst.

Ohne sich viel dabei zu denken, schwenkte es den Schlüsselbund mit den dreizehn Schlüsseln.

Da öffnete sich die Falltür und klappte nach oben. Herein schien – das grelle Tageslicht!

„Hoppla!", dachte das kleine Gespenst. „Ist draußen nicht Mitternacht?"

Es steckte den Kopf durch die Öffnung ins Freie und schaute sich um.

Das Erste, was es erblickte, waren zwei blank geputzte schwarze Stiefel dicht vor seiner Nase. In den Stiefeln steckte ein Mann, der eine blaue Jacke mit blanken Messingknöpfen trug. Er hatte lange weiße Handschuhe an. Auch die Mütze auf seinem Kopf war weiß.

Das kleine Gespenst hatte keine Ahnung, dass der Mann mit der weißen Mütze ein Verkehrsschutzmann war – und der Verkehrsschutzmann konnte nicht wissen, dass die schwarze Gestalt mit den weißen Augen, die mitten auf der verkehrsreichsten Kreuzung des Städtchens plötzlich den Kopf aus dem Boden steckte, ein kleines Gespenst war. Er hielt es für einen Kanalarbeiter.

„Sagen Sie mal, sind Sie wahnsinnig?", rief er und stemmte die Hände in die Hüften. „Was fällt Ihnen ein, hier einfach den Deckel aufzuklappen und den Verkehr zu behindern?! Machen Sie gefälligst, dass Sie wieder in Ihrem Loch verschwinden – aber ein bisschen dalli!"

Die Autofahrer, die an der Kreuzung hielten, konnten sich nicht erklären, weshalb sie der Schutzmann warten ließ. Einige wurden ungeduldig und begannen zu hupen. Das kleine Gespenst aber ärgerte sich darüber, dass der Schutzmann mit ihm geschimpft hatte.

Es begann sich aufzublasen, bis sein Kopf so groß und so dick war wie eine Regentonne. Dann spitzte es die Lippen und ließ die Luft aus dem Kopf entweichen. Sie zischte heraus wie aus einem Ballon.

Bäckerei
Metzgerei

„Pfüüüüü-itt", blies das kleine Gespenst dem Schutzmann die weiße Mütze vom Kopf.

Der Ärmste war nahe daran, in Ohnmacht zu fallen. Er stand mit weit aufgerissenen Augen da und war käsebleich im Gesicht.

„Siehst du wohl!", sagte das kleine Gespenst und kicherte.

Zufrieden zog es sich in den unterirdischen Gang zurück. Klapp! schloss der Deckel sich über ihm.

Der Verkehrspolizist brauchte eine ganze Weile, um sich von seinem Schreck zu erholen. Es dauerte mindestens fünf Minuten, bis er es fertigbrachte, den Arm zu heben, und die Autos, die an der Kreuzung standen und hupten, weiterfahren zu lassen.

Der schwarze Unbekannte geht um

Seit dem Zwischenfall auf der Kreuzung gab es in Eulenberg eine ganze Woche lang jeden Mittag zwischen zwölf und eins große Aufregung. Um diese Zeit tauchte immer wieder an den verschiedensten Stellen des Städtchens eine schwarze Gestalt aus dem Boden auf und erschreckte die Leute.

Am Dienstag erschien sie zwischen den Verkaufsbuden auf dem Grünen Markt und die Marktfrauen – sonst bestimmt nicht gerade zimperlich – liefen kreischend und zeternd nach allen Himmelsrichtungen auseinander.

Am Mittwoch stattete sie dem Goldenen Löwen einen Besuch ab und jagte den Mittagsgästen, dem

Löwenwirt und dem Personal einen heillosen Schrecken ein.

Am Donnerstag wurde die schwarze Gestalt mit den furchterregenden weißen Augen im städtischen Gaswerk gesichtet; am Freitag verursachte sie auf dem Schulhof der Mädchenschule unter den Schülerinnen der sechsten Klasse, die dort gerade turnten, ein unbeschreibliches Durcheinander.

Kurz und gut, es gab keinen Tag in der ganzen Woche, an dem die geheimnisvolle schwarze Gestalt nicht irgendwo auftauchte.

Im „Eulenberger Stadtanzeiger" erschienen immer längere und immer empörtere Artikel, in denen mit aller Schärfe danach gefragt wurde, wie lange es sich die Stadtverwaltung noch leisten wolle, diesen besorgniserregenden Umtrieben tatenlos zuzusehen.

Der Bürgermeister berief den Stadtrat zu einer Sondersitzung ein. Der Leiter der Stadtpolizei überlegte mit seinen Beamten bei Tag und Nacht (aber leider erfolglos), wie man den „schwarzen Unbekannten" am besten fangen könnte. Niemand im ganzen Städtchen wusste für die täglichen Zwischenfälle eine Erklärung – nicht einmal der Herr Kriminaloberwachtmeister Holzinger, der doch dafür bekannt war, dass er selbst allergeheimsten Geheimnissen innerhalb allerkürzester Zeit auf den Grund kam.

Und dabei war die Sache in Wirklichkeit ja ganz einfach!

Das kleine Gespenst erwachte seit Neuestem nie mehr um Mitternacht, sondern immer um zwölf Uhr

mittags. Es hatte sich in dem Gewirr der unterirdischen Gänge so gründlich verirrt, dass es den Rückweg zum Burgbrunnen nicht mehr fand. Seither versuchte es sein Glück bei jedem der zahlreichen

Ausstiege, die aus den Gängen ins Freie führten – immer in der Hoffnung, eines schönen Tages doch wieder auf der Burg zu landen.

„Im Übrigen macht es mir gar nichts aus, wenn ich auf diese Weise ein wenig im Städtchen herumkomme", dachte es. „Schade nur, dass die Leute immer gleich vor mir ausreißen! Aber wahrscheinlich liegt es daran, dass ich schwarz bin. Als ich noch weiß war, muss ich bedeutend harmloser ausgesehen haben als jetzt. Aber was will man dagegen machen?"

Manchmal bekam das kleine Gespenst Heimweh nach seinem Dachboden und der Truhe aus Eichenholz.

Manchmal wurde es traurig bei dem Gedanken, dass es in Zukunft womöglich immer bei Tageslicht geistern sollte und nie mehr um Mitternacht.

„Bei Vollmond", dachte es seufzend, „war es sehr schön auf dem Eulenstein …"

Und dann stellte es sich – zum wievielten Mal wohl? – die Frage, was denn zum Kuckuck mit ihm geschehen sei.

„Kann man als Nachtgespenst mir nichts, dir nichts zu einem Taggespenst werden?", fragte es sich. „Und wenn ja – woran liegt es wohl, dass ich eines geworden bin? So etwas kann doch nicht ohne

Grund geschehen! Es muss eine Ursache haben … Aber ich fürchte, die Ursache werde ich nie erfahren. Und wenn sie mir jemand sagen könnte, was hätte ich schon davon? Ich muss eben sehen, dass ich mit meinem Schicksal fertigwerde – und damit basta.“

Verzierungen

Am Sonntagmittag entdeckte das kleine Gespenst auf dem Weg durch die unterirdischen Gänge einen neuen Ausstieg. Wie alle Ausgänge aus dem Höhlengewirr war er mit einem starken, fest in die Felswände eingemauerten Gitter versperrt. Nur dass sich hier wenige Schritte hinter dem ersten Gitter ein zweites und hinter dem zweiten ein drittes befand. Dann kam eine Stahltür mit einem Sicherheitsschloss.

„Was bedeutet das?“, dachte das kleine Gespenst.

Das Sicherheitsschloss zu öffnen war eine Kleinigkeit. Ein Wink mit dem Schlüsselbund und der Weg war frei. Er führte durch einen Kohlenkeller geradenwegs in das Rathaus des Städtchens Eulenberg!

Das kleine Gespenst machte große Augen, als es die Kellertreppe hinaufhuschte und sich plötzlich im Rathaus befand – im Rathaus mit seinen Gängen und

Amtsstuben, mit der schönen alten Steintreppe und den bunten Glasfenstern im Stiegenhaus, die in der Mittagssonne leuchteten.

Wochentags herrschte im Rathaus von Eulenberg immer reges Leben. Beamte und Angestellte eilten von Tür zu Tür, der Ratsdiener schleppte Stöße von Akten umher, auf den Gängen warteten alle möglichen Leute in allen möglichen Angelegenheiten. Doch heute, am Sonntagmittag, war kein Mensch hier. Das kleine Gespenst konnte sich ungestört im ganzen Rathaus umsehen. Es öffnete alle Türen und blickte in alle Räume.

Dabei fiel ihm auf, dass in jedem Zimmer das gleiche Bild an der Wand klebte. Die Bilder zeigten in leuchtenden Farben – den schwedischen General Torsten Torstenson! Groß und breitspurig saß er auf seinem Apfelschimmel und schwenkte den Feldherrnstab in der rechten Hand. Sein grüner Reitermantel bauschte sich im Wind, die Federn an seinem Hut leuchteten mit dem roten Knebelbart um die Wette.

Unter das Bildnis des Generals war in großen Buchstaben etwas hingedruckt, was das kleine Gespenst nicht entziffern konnte. Es hatte ja niemals lesen und schreiben gelernt und konnte nicht ahnen, dass es sich bei den „Bildern“ um Werbeplakate handelte, auf denen zu lesen stand:

– Sonntag, den 27. Juli –
Großes historisches Festspiel
aus Anlass der
325-JAHR-FEIER
der Belagerung Eulenbergs durch die Schweden
Echte Waffen und Kostüme aus der Zeit des Dreißigjährigen
Krieges. 476 Mitwirkende – 28 Pferde – 2 Kanonen –
Musikalische Umrahmung durch die Stadtkapelle –
Beginn pünktlich 11,30 Uhr auf dem Rathausplatz.
Um zahlreichen Besuch bittet die Festspielleitung

„Was haben die bloß mit dem Torstenson, dass sie ihn überall hinkleben?", dachte das kleine Gespenst. „Hie und da mal ein Bild von ihm – meinetwegen. Aber in jedem Zimmer, auf jedem Gang und in jeder Nische im Treppenhaus? Das ist einfach zu viel!"

In den Räumen der Stadtkämmerei entdeckte das kleine Gespenst auf einem der Schreibtische einen schwarzen Filzstift. Im nächsten Augenblick wusste es, was es zu tun hatte.

Es lieh sich den Filzstift aus und malte dem General Torstenson auf dem Plakat in der Stadtkämmerei einen schwarzen Vollbart. Dann huschte es in das nächste Zimmer. Dort versah es das Bildnis des Generals mit einer mächtigen Gurkennase, auf der eine Warze prangte.

„Das bringt etwas Abwechslung in das ewige Einerlei!", kicherte es.

So schnell es sich machen ließ, eilte das kleine Gespenst von Plakat zu Plakat. Mit flinken Strichen malte es Torstenson hier ein Paar Eselsohren an den Kopf, dort eine schwarze Augenklappe, wie sie die Seeräuber tragen.

Die Sache machte ihm großen Spaß.

Immer neue Verzierungen ließ es sich einfallen: Bockshörner, riesige Glotzaugen, einen Spitzbauch, ein Hirschgeweih, eine qualmende Tabakspfeife, langes struppiges Borstenhaar, einen Ring durch die Nase und manches andere. Kein Wunder, dass es vor lauter Eifer vergaß, auf die Zeit zu achten.

Plötzlich, das kleine Gespenst befand sich gerade im Amtszimmer des Herrn Bürgermeisters, schlug es vom Rathausturm ein Uhr Mittag! Höchste Zeit für das kleine Gespenst, sich ein Plätzchen zu suchen, wo es die nächsten dreiundzwanzig Stunden verschlafen konnte, ohne gestört zu werden.

„Bis in den Geheimgang schaffe ich's ganz bestimmt nicht mehr“, dachte es, „das ist viel zu weit. Ich merke schon, wie mir wieder schwindlig wird …“

In einer Ecke der holzgetäfelten Amtsstube stand eine alte, mit kunstvollen Eisenbeschlägen versehene Ratstruhe. Darin hatte man früher wichtige Briefe und Rechnungen aufbewahrt. Aber jetzt war die Truhe leer, sie stand nur zum Schmuck des Raumes da.

„Das ist die Rettung!“, dachte das kleine Gespenst.

Es schlüpfte mit letzter Kraft in die Truhe. Der Deckel schloss sich über ihm und gleich darauf schlief es ein.

Vorsicht, Herr Bürgermeister!

Als das kleine Gespenst am nächsten Mittag erwachte, hörte es, wie im Amtszimmer des Herrn Bürgermeisters einige Männer erregt miteinander sprachen. Vorsichtig hob es den Deckel der Ratstruhe ein wenig an und blickte hinaus.

Im Amtszimmer des Herrn Bürgermeisters befanden sich drei Personen: der Herr Bürgermeister selbst, der hinter dem Schreibtisch in seinem mit rotem Leder gepolsterten hohen Sessel saß und eine Zigarre rauchte; ihm gegenüber stand, mit der Dienstmütze unter dem Arm, der Leiter der Stadtpolizei; und am Fenster lehnte, die Hände über der Brust verschränkt, der Herr Kriminaloberwachtmeister Holzinger.

Der Herr Bürgermeister war äußerst schlechter Laune, das sah man ihm an.

„Ich sage es Ihnen noch einmal!", rief er und schlug mit der Faust auf den Schreibtisch. „Es ist eine unbeschreibliche Frechheit, alle Plakate im Rathaus auf derart gemeine und niederträchtige Weise zu verunstalten! Ich verlange von Ihnen, dass dieser Schmierfink gefunden wird. Und zwar schleunigst! Das sind wir dem Ansehen unserer Vaterstadt schuldig. Und wenn Sie das nicht fertigbringen, mein Lieber" – damit wandte er sich an den Leiter der Stadtpolizei –, „dann haben Sie Ihren Beruf verfehlt!"

Der Leiter der Stadtpolizei bekam einen roten Kopf.

„Sie können sich darauf verlassen, Herr Bürgermeister, dass seitens der Stadtpolizei alles geschieht, um den Täter zu fassen. Ich bin überzeugt, dass es nur eine Frage der Zeit ist. Bisher haben wir schließlich alle derartigen Fälle aufgeklärt – bis auf einige ganz verschwindend geringe Ausnahmen."

Der Bürgermeister qualmte an seiner Zigarre.

„Ihre Ausnahmen kenne ich!", brummte er. „Wenn ich bloß daran denke, dass auch dieser schwarze Unbekannte noch immer sein Unwesen in der Stadt treibt – und dies ausgerechnet jetzt, eine knappe Woche vor der 325-Jahr-Feier! Begreifen Sie nicht, dass auf diese Weise ganz Eulenberg in Verruf kommt? Wozu haben wir eigentlich eine Polizei?!"

Der Leiter der Stadtpolizei biss sich auf die Lippen. Was sollte er dem Bürgermeister antworten? Aber der Bürgermeister wandte sich schon dem Herrn Kriminaloberwachtmeister Holzinger zu.

„Und Sie, lieber Holzinger? Wissen auch Sie nichts Besseres, als um den Brei herumzureden?"

Herr Holzinger nahm seine schwarze Hornbrille von der Nase und putzte daran herum.

„Ich fürchte, die Sache ist sehr viel schwieriger, als wir alle annehmen", sagte er. „Es würde mich gar nicht wundern, wenn es zwischen dem schwarzen Unbekannten und dieser Geschichte hier" – er deutete auf die verschmierten Plakate, die sich auf dem Schreibtisch des Bürgermeisters häuften –, „es würde mich gar nicht wundern, wenn es da einen Zusammenhang gäbe."

Der Bürgermeister legte verblüfft die Zigarre weg.

„Wie kommen Sie denn auf die Idee?"

„Das ist schwer zu erklären. Ich habe es einfach so im Gefühl."

Der Bürgermeister kratzte sich hinter dem Ohr.

„Und um wen handelt es sich bei dem schwarzen Unbekannten? Äußert sich Ihr Gefühl etwa auch zu diesem Punkt?"

Herr Holzinger hielt seine Brille prüfend gegen das Licht. Nachdem er sie wieder aufgesetzt hatte, meinte er achselzuckend: „Mein Gefühl sagt mir, dass es bei diesen Zwischenfällen unmöglich mit rechten Dingen zugeht."

„Ach nein!", rief der Bürgermeister belustigt aus. „Sie brauchen mir nur noch zu sagen, dass da Gespenster am Werk sind!"

„Und wenn es so wäre?", fragte Herr Holzinger.

Aber der Bürgermeister schüttelte bloß den Kopf.

„Lächerlich, Holzinger! Vollkommen lächerlich! Solche Ge-

schichten können Sie kleinen Kindern erzählen, aber nicht mir!! Ich glaube nicht an Gespenster!!!"

Bis hierher hatte das kleine Gespenst dem Gespräch in der Amtsstube ruhig zugehört. Aber jetzt war es um seine Beherrschung geschehen. Der Bürgermeister von Eulenberg glaubte nicht an Gespenster?! Na, warte!

„Hu-huuuuuuh!", rief das kleine Gespenst in der leeren Ratstruhe, dass es nur so dröhnte.

Der Bürgermeister, der Leiter der Stadtpolizei und der Herr Kriminaloberwachtmeister Holzinger fuhren erschrocken zusammen.

„Hu-huuuuuuh!", rief das kleine Gespenst noch einmal.

Dann hob sich der Truhendeckel – und langsam, ganz langsam begann es sich unter Ächzen und Stöhnen und Schlüsselrasseln in der Ratstruhe aufzurichten.

Dabei blickte es dem Herrn Bürgermeister mit seinen weißen Augen starr ins Gesicht.

„Hu-huuuuuuh!", rief es abermals, laut und klagend. „Hu-hu-hu-huuuuuuuuuh!"

Da packte den Bürgermeister das kalte Grausen. Er ließ die Zigarre fallen und japste nach Luft.

Auch dem Leiter der Stadtpolizei und dem Herrn Kriminaloberwachtmeister Holzinger standen die

Haare zu Berge. Unfähig sich zu rühren, mussten sie zusehen, wie das kleine Gespenst aus der Truhe herausstieg und schlüsselrasselnd das Zimmer verließ.

Herr Holzinger war der Erste, dem es gelang, einen klaren Gedanken zu fassen. Wenige Augenblicke nachdem das kleine Gespenst aus dem Zimmer des Bürgermeisters verschwunden war, riss er die Tür auf und stürzte ihm nach, auf den Gang hinaus. Dort sah er die schwarze Gestalt mit dem Schlüsselbund gerade noch um die nächste Ecke biegen.

„Halt!", rief er. „Stehen bleiben! Sie sind verhaftet!"

Aber das kleine Gespenst hatte nicht die geringste Lust, sich verhaften zu lassen. Es huschte davon und kicherte. Da begann der Herr Holzinger so laut zu schreien, dass es durch alle Gänge und Flure hallte: „Aufpassen! Alles aufpassen! Der schwarze Unbekannte ist im Rathaus! Wir dürfen ihn nicht entkommen lassen! Festhalten, festhalten! Haltet den schwarzen Unbekannten! Haltet ihn! Haltet ihn!"

Während der Mittagszeit waren die meisten Beamten und Angestellten nach Hause gegangen. Die wenigen, die im Rathaus geblieben waren, kamen aus ihren Zimmern gerannt. Jeder von ihnen war fest entschlossen, den schwarzen Unbekannten zu fangen.

„Haben Sie das gehört, Herr Müller? Jetzt macht er sogar das Rathaus unsicher!"

„Geben Sie mal die Papierschere her, Fräulein Krause! Es ist vielleicht nicht verkehrt, wenn man eine Waffe hat ..."

„Ich finde, man sollte die Polizei verständigen!"

„Gute Idee, Frau Schneider! Wie war doch gleich wieder die Telefonnummer? Zwanzig-null-eins oder eins-null-zwanzig? – Hallo, ist dort die Polizeiwache? Hier spricht Lehmann, Stadtbaurat Lehmann. Kommen Sie bitte sofort mit allen verfügbaren Leuten zum Rathaus! Der schwarze Unbekannte, verstehen Sie? Ja, er ist plötzlich hier aufgetaucht. Kommen Sie bitte so schnell wie möglich! Haben Sie mich verstanden? So schnell wie möglich!"

Unter der Leitung des Herrn Kriminaloberwachtmeisters Holzinger wurde das ganze Rathaus von Eulenberg nach dem schwarzen Unbekannten durchsucht: jedes Zimmer und jeder Schrank, jeder Treppenwinkel und jede Nische. Selbst die Besenkammer, die Waschräume und die Klos wurden nicht vergessen. Aber der schwarze Unbekannte war nirgends zu finden, auch auf dem Dachboden und im Keller nicht.

Nicht einmal Ajax, der Polizeihund, fand eine Spur von ihm.

„Ich stehe vor einem Rätsel", sagte Herr Holzinger. „So etwas ist mir in meiner ganzen Dienstzeit noch nicht passiert, und das sind immerhin neunzehn Jahre!"

Aber wo steckte das kleine Gespenst?

Irgendwo musste es wohl geblieben sein, denn selbst kleine Gespenster können sich nicht in Luft auflösen.

Das können sie freilich nicht – aber sie können dafür manches andere.

Ursprünglich hatte das kleine Gespenst in den unterirdischen Gang zurückkehren wollen; aber dann hatten ihm die von Herrn Holzinger aufgescheuchten Beamten und Angestellten den Weg versperrt – und so war es zunächst auf den Dachboden ausgewichen und dann in den Turm. Als die Verfolger schließlich auch dorthin kamen (es hörte sie schon die Wendeltreppe heraufpoltern), schlüpfte es kurz entschlossen in das Gehäuse der Rathausuhr.

„Im Uhrkasten", dachte es, „wird mich kein Mensch vermuten und folglich auch keiner suchen."

Auf diesen Gedanken kam wirklich niemand, sogar der Herr Kriminaloberwachtmeister Holzinger nicht. Im Gehäuse der Rathausuhr lag es sich allerdings etwas unbequem und das ständige Schnarren und Knacken im Räderwerk störte das kleine Gespenst beim Einschlafen.

„Als Nachtgespenst lebt man entschieden angenehmer", brummte es vor sich hin. „Was gäbe ich drum, wenn ich je wieder eines werden könnte ..."

Und dabei hätten ein paar Handgriffe an der Rathausuhr ausgereicht, um dem kleinen Gespenst zu helfen! Aber das kleine Gespenst hatte keine Ahnung von dem Zusammenhang, der zwischen ihm und der Uhr bestand. Woher auch? Der Uhu Schuhu hatte ja niemals mit ihm darüber gesprochen.

„Ganz schön ungemütlich und laut ist es hier im Uhrkasten!", dachte das kleine Gespenst.

Es hielt sich mit beiden Händen die Ohren zu und bald fiel es wie immer in seinen tiefen Gespensterschlaf.

Ein ruhiges Plätzchen

Am nächsten Mittag erwachte das kleine Gespenst recht unsanft, weil ihm die Rathausglocke aus nächster Nähe in die Ohren dröhnte. Hätte ihm jemand zwölfmal mit einem Schmiedehammer auf den Kopf geschlagen, es hätte nicht schlimmer sein können.

„Rasch in den Keller!“, dachte das kleine Gespenst. „Und dann auf dem gleichen Weg zum Rathaus hinaus, auf dem ich es vor zwei Tagen betreten habe!“

Das war aber gar nicht so einfach, wie sich das kleine Gespenst das vorstellte.

Immer dann, wenn es dachte, nun sei das Treppenhaus endlich frei und es könne sich unbemerkt in den Keller schleichen – immer gerade dann musste irgendjemand dazwischenkommen: und wenn es die

Putzfrau war, die in der Mittagsstunde die Treppen fegte und das Stiegengeländer wischte.

„Ich sehe schon", dachte das kleine Gespenst, „hier komme ich nicht hinunter, ohne dass es wieder ein großes Theater gibt – und ich muss sagen, das wird mir allmählich lästig. Unsereins ist die ständige Aufregung nicht gewöhnt. Am besten, ich warte hier oben in aller Ruhe den nächsten Sonntag ab. Dann stört mich kein Bürgermeister und keine Putzfrau, kein Ratsdiener und kein Polizist. Die sitzen am Sonntagmittag alle daheim in der guten Stube beim Sonntagsbraten und ich habe das ganze Rathaus für mich allein. Jawohl, das ist sehr vernünftig, das mache ich. Und zwar krieche ich diesmal nicht in das Uhrengehäuse (schon wegen der Glocke nicht!), sondern ich suche mir ein Versteck auf dem Dachboden."

Die nächsten Tage und Nächte verbrachte das kleine Gespenst also auf dem Dachboden des Eulenberger Rathauses. Dort gefiel es ihm gar nicht schlecht. Auch hier gab es Staub, auch hier gab es Spinnweben. Zwar hingen sie längst nicht so dicht und tief von der Decke herab wie auf dem Eulenstein, aber trotzdem fühlte sich das kleine Gespenst hier fast wie zu Hause.

Vor allem tat ihm die Ruhe gut! Nach den Abenteuern der letzten Zeit war es dankbar dafür, dass es

Rathaus
Gasthaus zum
Löwen

hier oben von niemandem gestört wurde. Niemand erschrak vor ihm, niemand jagte es, niemand wollte es festnehmen.

Dabei brauchte das kleine Gespenst über Langeweile nicht zu klagen.

Sobald es erwachte, huschte es einfach an eines der Bodenfenster und schaute hinaus. Es blickte entweder hinab auf den Grünen Markt, wo die Gemüsefrauen mit ihren Körben voll Grünzeug saßen und Zwiebeln und Möhren, Radieschen und Sellerie, Knoblauch und Kopfsalat feilboten – oder es sah nach der anderen Seite hinaus, auf den Rathausplatz, wo der Stadtbrunnen plätscherte und ein Schutzmann mit einer weißen Mütze stand, der alle paar Augenblicke die Arme in eine andere Richtung streckte: Dann kamen von beiden Seiten die Autos über den Platz gerollt, Lastzüge, Lieferwagen, Personenautos, manchmal ein Omnibus, hin und wieder auch einige Radfahrer, junge Burschen auf ihren Motorrädern, einmal die Feuerwehr, drei- oder viermal das gelbe Postauto.

„Lustig, wie es da unten zugeht!", dachte das kleine Gespenst. „Ob der Mann mit der weißen Mütze ein Zauberer ist? Er streckt bloß die Arme aus und schon kommen von beiden Seiten die Kutschen herbei – diese seltsamen Kutschen aus Blech und Glas, die ganz ohne Pferde fahren. Wie das nur möglich ist, dass eine Kutsche ganz ohne Pferde fährt? Der Uhu Schuhu wird meinen, ich binde ihm einen Bären auf, wenn ich ihm das erzähle."

Der Uhu Schuhu!

Wie lang hatte das kleine Gespenst nicht mehr an ihn gedacht! Und jetzt plötzlich fiel er ihm wieder ein.

„Ach du liebe Güte, der Uhu Schuhu! Ich hätte ihn fast vergessen. Ob ich ihn jemals wiedersehe? Wenn ich daran zurückdenke, wie es war, wenn der Herr Schuhu und ich in den Zweigen der alten Eiche saßen und uns beim Mondschein Geschichten erzählten, wird mir das Herz schwer. Ich glaube fast, ich bekomme schon wieder Heimweh. Heimweh nach früher, nach meinen Zeiten als Nachtgespenst …"

Am nächsten Sonntag ging es in Eulenberg hoch her. Alle Häuser waren mit Laubgewinden und Fahnen geschmückt. Über dem Rathaustor hatte der Stadtgärtner einen mächtigen Fichtenkranz aufgehängt, der ein rotes Schild mit einer goldenen 325 umschloss. Ähnliche, allerdings kleinere Schilder mit einer goldenen 325 auf rotem Grund hingen über den meisten Haustüren und in den Schaufenstern der Geschäfte. Daraus konnte jedermann ersehen, dass man heute in Eulenberg eine 325-Jahr-Feier feierte.

Bereits in den frühen Morgenstunden waren die ersten auswärtigen Besucher angekommen. Im Lauf des Vormittags fanden sich immer neue und neue Gäste ein. Sie strömten in hellen Scharen herbei. Die einen mit dem Auto, die anderen mit der Eisenbahn oder im Omnibus. Und die vereinigte Landjugendgruppe von Ober- und Nieder-Geiselfing kam sogar auf einem von einem Traktor gezogenen, festlich mit Blumen und bunten Bändern behangenen Leiterwagen dahergerattert. Alle wollten das große historische Festspiel sehen und drängten zum Rathausplatz.

Das Festspiel begann mit dem Einzug der schwedischen Armee vom Grünen Markt her. An der Spitze marschierten drei fahnenschwingende Landsknechte. Ihnen schloss sich, mit Spießen und altertümlichen Flinten bewaffnet, der Männergesangverein „Harmonie 1890" als Fußvolk an. Die neunzehn Mann starke schwedische Reiterei wurde von den Mitgliedern des Eulenberger Reit- und Fahrklubs gestellt. Auch für passende Feldmusik war gesorgt, denn nun folgte – in Pluderhosen und bunten Jacken, mit falschen Bärten und wallenden Federhüten – die Stadtkapelle. Sie spielte abwechselnd den finnländischen Reitermarsch und die von ihrem Kapellmeister eigens für den heutigen Anlass komponierte General-Torsten-Torstenson-Jubiläum-Fanfare.

Der Turnverein und die Metzgerburschen - Vereinigung, der Handlungsgehilfen - Verband und die Kleingärtner, die freiwillige Feuerwehr, der Kegelklub „Alle neune“ und die Kriegerkameradschaft „In Treue fest“ wirkten als weitere Truppenteile mit.

Sogar über zwei Kanonen verfügte der General. Vor jedes der beiden Geschütze waren vier schwere Rösser gespannt, die eigentlich Brauereipferde waren und von ihren Bierkutschern gelenkt wurden. Aber die Bierkutscher trugen natürlich nicht wie sonst ihre blauen Leinenkittel, sondern sie steckten in rostbraunen Uniformen und jedermann sah auf den ersten Blick, dass sie königlich schwedische Kanoniere waren.

Es dauerte gute zwanzig Minuten, bis die Armee vor dem Rathaus aufmarschiert war.

Nun musste er gleich erscheinen – er selbst, der berühmte Heerführer und gefürchtete General Torsten Torstenson!

Die Leute stellten sich auf die Zehenspitzen und reckten die Hälse.

Wahrhaftig – da kam er schon!

Breit und gewichtig saß er auf seinem Apfelschimmel, die linke Hand in die Hüfte gestemmt, in der

rechten den Feldherrnstab, den er grüßend umherschwenkte.

Sah er nicht großartig aus mit dem grünen Mantel, dem roten Knebelbart und den goldenen Tressen am federgeschmückten Hut?

„Fabelhaft! Einfach fabelhaft!“, riefen die Leute und klatschten Beifall.

Als sich der Berichterstatter einer auswärtigen Zeitung nach dem Darsteller des Torstenson erkundigte, hieß es von allen Seiten:

„Den kennen Sie nicht? Das ist doch der Brauereidirektor Kumpffmüller von der Aktienbrauerei!"

„Ja, da staunen Sie, was? An dem ist wahrhaftig ein General verloren gegangen. Sehen Sie nur, wie echt er wirkt! Sehr viel echter kann selbst der echte Torstenson nicht gewirkt haben!"

Nun erscholl ein Trompetensignal.

Torstenson lenkte den Apfelschimmel zur Mitte des Platzes. Er blickte zum Himmel empor und die Zuschauer wurden mäuschenstill. Dann räusperte sich der General und begann zu sprechen. Laut und feierlich hallte seine Stimme über den Rathausplatz:

„In 's schwed'schen Königs Namen steh ich hier,
zu nehmen ein die Stadt und jene Feste,
die trutzig uns vom Berg herniederschaut."

In dieser erhabenen Sprache, die eines ruhmreichen Feldherrn würdig war, ging es eine Zeit lang weiter. Dann stürzte ein jüngerer Offizier herbei (es war der Herr Deuerlein aus der Ratsapotheke). Er hatte im Auftrag des Generals die Burg und das Städtchen auffordern sollen, die Waffen zu strecken. Aber der kaiserliche Kommandant habe ihn mit einem Hohnlachen abgewiesen. Wenn der Torstenson unbedingt in die Stadt wolle, lasse er ihm bestellen, dann möge er's nur versuchen!

Dem General schwoll bei diesem Bericht die Zornesader. Er beteuerte, dass er nunmehr entschlossen sei, die Burg und das Städtchen in Grund und Boden schießen zu lassen. Dann gab er seinen beiden Kanonieren einen Wink mit dem Feldherrnstab und brach in die schrecklichen Worte aus:

„Gefällt ist mein Entschluss unwiderruflich.
So sprecht, Kanonen, denn!
Geschütze, donnert!"

Da luden die schwedischen Kanoniere ihre Kanonen und feuerten einen Schuss um den anderen ab, dass es nur so rumpelte. Die Zuschauer jubelten vor Begeisterung. Und niemand achtete darauf, dass die Rathausglocke gerade anhob, die Mittagsstunde zu schlagen.

Pünktlich wie immer erwachte das kleine Gespenst mit dem zwölften Glockenschlag. Es wusste nichts von dem großen historischen Festspiel, das vor dem Rathaus im Gang war. Aber es hörte die Torstenson'schen Geschütze donnern – und als es erschrocken zum Dachbodenfenster hinausblickte, sah es den Rathausplatz von Soldaten wimmeln.

„Was denn, was denn!", rief es erstaunt. „Sind das wieder einmal die Schweden? Was zum Teufel wollen denn die hier?"

Das kleine Gespenst war sehr ungehalten, es wünschte die schwedischen Truppen samt ihren Kanonen ins Pfefferland.

Und auf einmal entdeckte es mitten im Pulverdampf einen Apfelschimmel, der einen Reiter mit grünem Mantel trug.

Alle Wetter – war das nicht Torstenson?

Der Generalshut, der Spitzenkragen, das feiste Gesicht mit dem roten Knebelbart ... Kein Zweifel, er war es!

„Die Sache wird immer schöner!", schimpfte das kleine Gespenst. „Er ist also wiedergekommen! Er wagt es, sich hier zu zeigen! Was denkt er sich eigentlich? Glaubt er vielleicht, ich ließe mir das gefallen, bloß weil er ein General ist? Aber da irrt er sich ganz gewaltig, dieser ... dieser Kanonenprotz!"

Nun ging alles sehr schnell.

Das kleine Gespenst stürzte sich Hals über Kopf aus dem Dachfenster auf den Rathausplatz und landete haargenau dort, wo es landen wollte: drei Schritte vor Torstensons Apfelschimmel.

„He, Torstenson!", schrie es. „Mir scheint, du bist wahnsinnig! Hast du vergessen, was du mir hoch und heilig versprochen hast – damals in jener Nacht, als du händeringend vor mir auf den Knien lagst und um Gnade flehtest? Mach, dass du hier verschwindest!"

Torstenson (oder vielmehr der Direktor Kumpffmüller von der Aktienbrauerei) war zu Tode erschrocken. Fassungslos blickte er auf die schwarze

Gestalt mit den weißen Augen herab. Er konnte sich nicht erklären, woher sie gekommen war. Und was wollte sie bloß von ihm?

„Also? Verschwindest du freiwillig oder muss ich nachhelfen?"

Ehe Direktor Kumpffmüller etwas erwidern konnte, brach das kleine Gespenst in ein schauerliches Geheul aus.

„Hu-huiiiii!", rief es laut und gellend. „Hu-huiiiiii!"

Da scheute der Apfelschimmel des Herrn Direktors und bäumte sich auf. Dann machte er auf der Hinterhand kehrt und preschte in weiten Sprüngen davon.

Herr Kumpffmüller ließ den Feldherrnstab und die Zügel fahren. Es fehlte nicht viel und er wäre im hohen Bogen vom Pferd gefallen. Er krallte sich in der Mähne des Tieres fest. Nur mit äußerster Mühe gelang es ihm, sich im Sattel zu halten.

„Hu-huiiiiii!", schrie das kleine Gespenst, immer wieder: „Hu-huiiiiiiii!"

Kein Wunder, dass auch die übrigen Pferde scheu wurden. Die Rösser der schwedischen Reiterei gingen durch, die Biergäule mit den Kanonen ebenfalls. Sie jagten in wilder Flucht dem Apfelschimmel des Generals nach – quer über den Rathausplatz nach dem Grünen Markt und mit Holterdiepolter zum Städtchen hinaus.

Auch das schwedische Fußvolk geriet in Verwirrung. Soldaten und Offiziere ließen die Waffen fallen und wichen entsetzt zurück vor der zornigen schwarzen Gestalt mit den weißen Augen.

Und die Zuschauer erst!

Frauen begannen zu kreischen, Kinder weinten. Ein Riesengeschrei erhob sich: „Weg hier! Bloß weg hier!" Das Gedränge war fürchterlich. Man flüchtete in die Häuser, man zwängte sich in die Nebenstraßen, alles war kopflos vor Angst.

Dabei dachte das kleine Gespenst überhaupt nicht daran, den Zuschauern auch nur ein Haar zu krümmen: Ihm ging es bloß um die Schweden.

„Hu-huiiiiii, ihr elenden Halunken! Schert euch zum Satan mitsamt euren Säbeln und Spießen und Schießgewehren! Hu-huiiiiiiii!"

Es leistete ganze Arbeit, das kleine Gespenst. Heulend und fauchend stob es von einer Ecke des Rathausplatzes zur anderen. Wehe dem armen Schweden, der sich nicht schnell genug aus dem Staub machte! Gleich packte es ihn beim Kragen und beutelte ihn, dass ihm alle Knochen knackten. Es gönnte sich keine Ruhe, bis nicht das ganze schwedische Heer über alle Berge war, einschließlich Fahnenschwinger und Feldmusik.

„Viktoria!", krähte es dann, „Viktoria! Torstenson ist geschlagen, die Schweden sind ausgerissen, Eulenberg ist gerettet! Viktoria!"

Bis zum Ende der Mittagsstunde blieb ihm noch etwas Zeit. Aber bei aller Siegesfreude fühlte es sich zum Umfallen müde. Es ist eben keine Kleinigkeit, ganz allein einen so berühmten Feldherrn mit seiner Armee in die Flucht zu schlagen.

„Ich muss sagen, für heute reicht es mir!“, dachte das kleine Gespenst und beschloss, sich aufs Ohr zu legen, obwohl es noch gar nicht eins war.

Da es sich zufällig in der Nähe der Ratsapotheke befand und da ebenso zufällig eines der Kellerfenster offen stand, schlüpfte es kurzerhand dort hinein. Es verkroch sich im untersten Schubfach einer ausgedienten Kommode. Dort gedachte es stolz seines Sieges, murmelte halblaut „Viktoria!“ und schlief ein.

Katzenjammer

Am Montagmittag erwachte das kleine Gespenst mit Kopfschmerzen. Es fühlte sich matt und elend.

„Die gestrige Anstrengung hat mir gewaltig zugesetzt“, dachte es. „Aber vielleicht fehlt mir weiter nichts als ein bisschen frische Luft um die Nase, ich finde es ziemlich stickig hier …“

Es verließ die Kommode und sah sich im Keller der Ratsapotheke um. Nacheinander besichtigte es den Vorratskeller, die Waschküche und den Kohlenkeller, den Obstkeller und die Holzlege. Schließlich geriet es auf seinem Rundgang auch in den Weinkeller.

„Donnerwetter, die vielen Flaschen!“, staunte es. „In dem Haus scheinen Leute mit einem gesunden Durst zu wohnen.“

Der Weinkeller hatte ein schmales, vergittertes Fenster zum Garten hinauf. Das Fenster stand offen. Eben wollte das kleine Gespenst den Kopf durch das Gitter stecken und einen Blick nach draußen werfen, da hörte es in der Nähe des Fensters Kinder sprechen, und schleunigst zog es den Kopf zurück.

Die drei Kinder des Apothekers lagen im Schatten des Hauses auf einer Decke und unterhielten sich. Das kleine Gespenst konnte jedes Wort verstehen. Weil es gerade nichts Besseres vorhatte, hörte es ihnen zu.

Der eine der beiden Jungen hieß Herbert und war elf Jahre alt. Seine Geschwister, die Zwillinge Günther und Jutta, waren knapp neun.

Herbert führte wie immer das große Wort.

„Ihr müsst zugeben, dass es ein tolles Stück war!", rief er. „Der schwarze Unbekannte ist großartig. Wie die Hasen sind sie vor ihm davongelaufen! Ich finde, es war zum Totlachen!"

Jutta war anderer Meinung.

„Was du an der Geschichte bloß spaßig findest! Tut es dir denn nicht leid um das schöne Festspiel?"

„Mir schon!", brummte Günther. „Es wäre bestimmt eine feine Sache geworden, wenn dieser Kerl nicht dazwischengefahren wäre … Der Anfang war jedenfalls gar nicht schlecht."

„Weißt du, was mir am besten daran gefallen hat?", fragte Jutta. „Am besten hat mir gefallen, dass alles so echt gewirkt hat. Zum Beispiel der Torstenson! Hat er nicht haargenau ausgesehen wie auf dem Bild im Burgmuseum? Sogar den Herrn Deuerlein musste jeder für einen schwedischen Offizier halten, wenn er nicht wusste, dass er in Wirklichkeit ein verkleideter Apotheker war!"

„Ich stelle mir vor", meinte Günther nachdenklich, „wie viel Mühe und Geld es gekostet hat, vierhun-

dertsechsundsiebzig schwedische Uniformen zu schneidern. Und woher sie wohl ihre Federhüte und Waffen hatten? Es muss für die Festspielleitung nicht einfach gewesen sein, alle Mitspieler damit auszustatten!"

Das kleine Gespenst hing mit beiden Händen am Gitter des Kellerfensters und traute seinen Ohren nicht. Wenn es die Kinder im Garten recht verstand (und daran gab es überhaupt nichts zu zweifeln), dann waren es also gestern gar keine echten Schweden gewesen, die es verjagt hatte – und schon gar nicht der echte Torstenson!

Nein, zum Kuckuck, der echte Torstenson konnte es ganz unmöglich gewesen sein! Seit er die Burg und das Städtchen belagert hatte, waren ja volle dreihundertfünfundzwanzig Jahre vergangen! So alt wird kein Mensch, so alt werden nicht einmal Generäle.

„Was habe ich da bloß angestellt!", dachte das kleine Gespenst entsetzt. „Ach du liebe Güte! Wie konnte ich nur so dumm sein! Und dabei kam ich mir noch wie ein großer Held vor ... Ein feiner Held bin ich! Einer der feinsten Helden, die man sich vorstellen kann!"

Das kleine Gespenst hätte sich ohrfeigen können, so zornig war es. Je länger es über die Angelegenheit nachdachte, desto größer wurde sein Katzenjammer.

„Mir scheint, es wird höchste Zeit, dass ich wieder nach Hause zurückkehre auf den Eulenstein", sagte es sich. „Hier unten erlebt man ja nichts wie Ärger und Aufregung jeden Tag, und das reicht mir nun, davon habe ich für den Rest meines Lebens die Nase voll. – Doch bevor ich mich aus dem Städtchen empfehle, werde ich den drei Kindern im Garten erzählen, wie alles gekommen ist. Das mit den Schweden gestern und überhaupt. Dann können sie allen Leuten davon berichten. Wenn ich schon daran schuld war, dass das Festspiel ein solches Ende genommen hat, sollen die Eulenberger auch wissen, was ich mir bei der ganzen Sache gedacht habe. Es geht dabei schließlich um meinen guten Ruf!"

Ein Brief wird geschrieben

Flink und geräuschlos schlüpfte das kleine Gespenst in den Garten hinaus und versteckte sich hinter dem nächsten Fliederstrauch. Von dorther rief es die Apothekerskinder leise und freundlich an:

„Pst – Kinder! Erschreckt nicht vor mir! Ich habe euch etwas zu sagen, etwas sehr Wichtiges. Aber ihr dürft nicht davonlaufen und nicht schreien, ich werde euch nichts zuleide tun."

Herbert, Günther und Jutta blickten verwundert im Garten umher. Sie konnten sich nicht erklären, wer da zu ihnen gesprochen hatte. Jutta stieß einen kleinen Schrei aus, als sie die schwarze Gestalt mit den weißen Augen entdeckte, die langsam hinter der Fliederhecke hervorgeschwebt kam und ihnen zuwinkte.

„Ui, seht doch – der schwarze Unbekannte!"

„So nennt man mich leider in Eulenberg", sagte das kleine Gespenst. „Und ich weiß leider auch, dass mich alle Leute im Städtchen fürchten. Dabei bin ich weiter nichts als ein unglückseliges kleines Gespenst und es tut mir entsetzlich leid, dass ich gestern beim Festspiel dazwischengefahren bin. Aber ich habe es nicht aus Bosheit getan, sondern weil ich gedacht habe, dass der Torstenson und die Schweden echt seien …"

Die Apothekerskinder wussten nicht, was sie tun sollten: schreien und weglaufen – oder bleiben und zuhören.

„Sie sind also – ein Gespenst?", meinte Herbert misstrauisch.

„Ja, wenn du nichts dagegen hast."

„Und warum sind Sie schwarz?", wollte Günther wissen. „Ich dachte immer, Gespenster sind weiß …"

„Nur die Nachtgespenster", seufzte das kleine Gespenst.

„Und Sie?", fragte Jutta. „Zu welcher Gespenstersorte gehören denn Sie?"

„Ich bin leider seit vierzehn Tagen ein Taggespenst und das Sonnenlicht hat mich schwarz gemacht. Aber zuvor, als ich noch ein Nachtgespenst war, bin ich blütenweiß gewesen, weißer als eine Wolke Schneestaub ... Übrigens hause ich eigentlich auf der Burg oben, auf dem Eulenstein."

„Aber seit einiger Zeit", meinte Herbert, „sind Sie hier unten und machen das Städtchen unsicher."

„Das hat sich rein zufällig so ergeben", sagte das kleine Gespenst.

Es blickte die Apothekerskinder verlegen an. Dann erzählte es ihnen seine Geschichte, wobei es ausführlich auf das gestrige Missverständnis zu sprechen kam, das ihm äußerst peinlich sei und wofür es sich immer wieder entschuldigte.

„Ihr ahnt nicht", beteuerte es, „wie leid mir dies alles tut – und wie sehr mir daran gelegen wäre, den Leuten in Eulenberg klarzumachen, dass ich nichts Böses gewollt habe. Aber wie soll ich das anstellen?"

„Schreiben Sie doch einen Brief an den Bürgermeister!", schlug Günther vor.

„Einen Brief? Das ist ausgeschlossen!", sagte das kleine Gespenst und gestand, dass es niemals lesen und schreiben gelernt habe.

„Macht nichts", entgegnete Jutta, „dafür können wir es!"

Sie eilte ins Haus und holte aus ihrem Zimmer den

Füller und einen Briefblock. Die Gartenbank war ihr Schreibtisch, sie kniete nieder und schraubte den Füller auf.

„Bitte, diktieren Sie!“

Da diktierte das kleine Gespenst und Jutta schrieb:

Sehr geehrter Herr Bürgermeister von Eulenberg!

Was sich gestern bei Ihrem großen historischen Festspiel ereignet hat, tut mir schrecklich leid. Bitte lassen Sie sich erklären, wie es dazu gekommen ist.

Es wurde ein ziemlich langer Brief. Als er fertig war, ließ das kleine Gespenst ihn sich vorlesen. Danach musste Jutta ihm etwas Tinte auf den rechten Daumen tropfen und feierlich unterzeichnete es den Brief:

Gleich darauf fiel ihm ein, dass es etwas vergessen hatte.

„Könntest du, bitte, noch eine Kleinigkeit unten drunterschreiben?", fragte es Jutta. „Zwei Sätze bloß …"

„Aber gern", sagte Jutta.

Sie ließ nach der Unterschrift eine Zeile frei, wie sich das gehört und das kleine Gespenst diktierte ihr in die Feder:

P. S.
Ich wäre Ihnen dankbar, wenn Sie mir diesen Brief im „Eulenberger Stadtanzeiger" abdrucken lassen würden. Außerdem gebe ich Ihnen mein Wort, dass ich morgen Mittag Ihr Städtchen verlassen und nie mehr dahin zurückkehren werde.

Nur nicht verzweifeln

Jutta steckte den Brief in den Umschlag und schrieb die Adresse darauf.

„Sie kehren vermutlich zurück auf den Eulenstein, wenn Sie das Städtchen morgen verlassen?“, fragte sie.

„Selbstverständlich.“

„Und dann“, meinte Günther, „– dann werden Sie ebenso selbstverständlich wieder zu einem Nachtgespenst – oder?“

Das kleine Gespenst warf ihm einen traurigen Blick zu.

„Ich wollte, du hättest recht … Aber leider habe ich keine Hoffnung mehr, dass ich jemals wieder ein Nachtgespenst werden könnte. Damit, fürchte ich, ist es aus für mich.“

Das kleine Gespenst fing zu weinen an. Dicke weiße Tränen tropften ihm aus den Augen und fielen zu Boden wie Hagelkörner: tip, tip, tip, tip.

Die Kinder blickten betroffen drein.

„Aber, aber!“, rief Herbert, „was haben Sie denn?“

Günther kratzte sich hinter den Ohren und sagte gar nichts. Bloß Jutta hatte verstanden, worum es ging; sie versuchte das kleine Gespenst zu trösten.

„Nur nicht verzweifeln!“, sagte sie. „Denken wir lieber nach, ob man Ihnen nicht helfen kann!“

Das kleine Gespenst winkte ab.

„Mir ist nicht zu helfen!“, schluchzte es. „Hätte ich bloß auf den Uhu Schuhu gehört, er hat mich gewarnt!“

Plötzlich kam ihm ein guter Gedanke. Ja richtig – der Uhu Schuhu! Dass es nicht früher daraufgekommen war!

„Man müsste den Uhu Schuhu fragen!“, rief es. „Wenn überhaupt jemand Rat weiß in meiner Sache, dann er ... Er weiß zwar nicht alles, aber er weiß eine ganze Menge, was andere nicht wissen. – Wenn ihr mir wirklich helfen wollt, Kinder – dann müsst ihr den Uhu Schuhu fragen!“

„Warum fragen Sie ihn nicht selbst?“, wollte Günther wissen.

„Das geht nicht! Ich bin ja ein Taggespenst und er

ist ein Nachtvogel. Aber er ist mein Freund. Er wohnt in der hohlen Eiche hinter der Burg, sie ist leicht zu finden …"

Auf dem Eulenstein waren die Kinder manchmal mit ihren Eltern spazieren gegangen. Deshalb brauchte das kleine Gespenst sich nicht lang damit aufzuhalten, ihnen den Weg zu beschreiben. Auch meinten die Kinder, es sei nicht besonders schwierig für sie, sich nachts aus dem Haus zu schleichen, das ließe sich einrichten.

„Aber wie kommen wir durch die Burg?", fragte Herbert. „Es gibt keinen anderen Weg, der zur Eiche führt. Und die Burgtore werden am Abend bekanntlich abgeschlossen."

Günther und Jutta machten bestürzte Gesichter, aber das kleine Gespenst wusste Rat.

„Ich leihe euch einfach den Schlüsselbund mit den dreizehn Schlüsseln", sagte es und erklärte den Kindern, was für eine Bewandtnis es damit hatte. „So kommt ihr am leichtesten in die Burg hinein und am leichtesten wieder heraus."

Nun versprachen die Apothekerskinder dem kleinen Gespenst, in der nächsten Nacht zu der hohlen Eiche zu gehen und den Uhu Schuhu um Rat zu fragen.

Das kleine Gespenst war sehr glücklich darüber

und dankte ihnen. Dann reichte es Herbert den Schlüsselbund mit den dreizehn Schlüsseln.

„Macht eure Sache gut – und vergesst nicht: Der Uhu Schuhu legt größten Wert darauf, dass man ihm immer höflich kommt und ihn niemals duzt, sondern immer mit ‚Sie' und ‚Herr Schuhu' anredet. Das wollte ich euch nur sagen, damit ihr Bescheid wisst ... Und noch etwas! Würdet ihr, bitte, den Brief an den Bürgermeister heute noch nicht zur Post bringen?"

„Wie Sie wünschen", versicherte Herbert. „Aber warum eigentlich?"

„Weil ich dem Bürgermeister versprochen habe, morgen für immer aus Eulenberg zu verschwinden", sagte das kleine Gespenst. „Und es könnte doch sein, dass ich morgen noch gar nicht wegkann, nach alledem, was wir eben besprochen haben."

Herr Schuhu gibt einen Tipp

In der Nacht zwischen elf und halb zwölf verließen die Apothekerskinder auf Zehenspitzen das Haus. Alles verlief ohne Zwischenfall, weder die Eltern noch der Herr Deuerlein, der heute in der Ratsapotheke Nachtdienst hatte, merkten etwas davon.

Um diese Zeit lag das Städtchen Eulenberg schon in tiefem Schlaf. Von niemandem gesehen, eilten die Kinder durch Nebenstraßen und schmale Gässchen zum Oberen Tor. Dort schlugen sie einen Fußpfad ein, der zur Burg führte. Er war steinig und steil, sie stolperten in der Dunkelheit alle nasenlang über Baumwurzeln, Felsbrocken und die eigenen Füße.

„Wozu habe ich eigentlich meine Taschenlampe mit?“, meinte Günther.

Er wollte die Lampe anknipsen, aber Herbert verbot es ihm.

„Lass das, wir dürfen uns nicht verraten!"

„Na schön", brummte Günther. „Ich hatte es ja bloß gut gemeint …"

Auf dem Platz vor dem äußeren Burgtor verschnauften sie. Jutta zog aus der Rocktasche eine Tüte Kandiszucker hervor.

„Kleine Stärkung gefällig?"

Nicht nur sie, auch die beiden Jungen hatten gewaltiges Herzklopfen. Günther hätte natürlich behauptet, daran sei der steile Weg schuld.

„Wollen wir?", fragte Herbert nach einer Weile.

„Ja", sagten Günther und Jutta tapfer.

Der große Augenblick war gekommen. Herbert schwenkte den Schlüsselbund mit den dreizehn Schlüsseln. Der Zauber wirkte, leicht und geräuschlos öffneten sich die schweren Flügel des Burgtores.

„Rasch hinein!", drängte Herbert.

Als sie im Burghof waren, schloss sich das Tor hinter ihnen wieder.

„Fabelhaft!", sagte Günther. „Nun kann nichts mehr schiefgehen!"

Auch das mittlere und das innere Burgtor gehorchten dem Wink mit dem Schlüsselbund. Zaghaft zunächst, doch bald fester und immer herzhafter schrit-

ten die Kinder aus. Einmal flatterte eine Fledermaus dicht über ihre Köpfe hinweg, einmal scheuchten sie im Vorbeigehen ein paar Ratten auf. Sie erschraken darüber, ließen sich aber nicht aufhalten.

Etwa um Mitternacht standen sie vor der hohlen Eiche.

Hoffentlich war der Uhu Schuhu zu Hause! Günther holte die Taschenlampe hervor und leuchtete in die Zweige hinauf. Da ließ sich hoch droben im Baumwipfel eine heisere Stimme vernehmen, die etwas in der Uhu-Sprache zu ihnen herunterrief. Günther und Jutta konnten es nicht verstehen, nur Herbert verstand es.

„Du sollst deine Lampe ausknipsen, sagt er, sie blendet ihn!"

Günther und Jutta staunten. „Verstehst du ihn?"

„Ihr etwa nicht?", meinte Herbert. „Dann muss es wohl an den Schlüsseln liegen ..."

Da fassten auch Günther und Jutta den Schlüsselbund an. Von nun an verstanden auch sie die Uhu-Sprache.

„Wer sind Sie?", fragte der Uhu Schuhu. „Und woher kommen Sie?"

„Wir sind die drei Apothekerskinder aus Eulenberg", sagte Herbert. „Ein alter Bekannter von Ihnen schickt uns herauf, der Sie vielmals grüßen lässt."

„Ein alter Bekannter?", fauchte der Uhu Schuhu. „Ich wüsste nicht, dass ich in Eulenberg alte Bekannte hätte!"

„Es handelt sich um das kleine Gespenst", sagte Günther; und Jutta fügte hinzu: „Es ist sehr, sehr unglücklich, wissen Sie – und es bittet um Ihren Rat."

Jetzt wurde der Uhu hellhörig.

„Warum haben Sie das nicht gleich gesagt?! Warten Sie bitte, ich komme zu Ihnen hinunter, dann wollen wir alles in Ruhe besprechen …“

Sssssst! kam er von seinem Sitz herabgesegelt und hockte sich auf den untersten Zweig der Eiche.

„Erzählen Sie! Bitte, erzählen Sie!“

Herbert, Günther und Jutta erzählten ihm, was zu erzählen war. Schweigend hörte er ihnen zu. Dann plusterte er das Gefieder auf und schüttelte sich.

„Sehr traurig, die ganze Angelegenheit, außerordentlich traurig!“, krächzte er. „Also deshalb hat mich das kleine Gespenst in letzter Zeit nicht mehr besucht … Aber wenn Sie mich fragen, woran es liegt, dass es plötzlich zu einem Taggespenst wurde, dann kann ich nur sagen: Das muss mit der Uhr zusammenhängen!“

„Mit welcher Uhr?“, fragten Günther und Jutta gleichzeitig.

„Mit der Rathausuhr selbstverständlich!“

Der Uhu erläuterte ihnen in aller Kürze, wie es sich mit der Rathausuhr und dem kleinen Gespenst verhielt. Dann fügte er langsam und sehr bedächtig hinzu: „Versuchen Sie, in Erfahrung zu bringen, ob irgendjemand vor vierzehn Tagen die Rathausuhr angehalten oder verstellt hat. Und falls das geschehen sein sollte, dann sorgen Sie bitte dafür, dass der Fehler wieder behoben wird. Das ist alles, was ich dazu zu sagen habe. Leben Sie wohl, meine Herrschaften, und empfehlen Sie mich dem kleinen Gespenst, dem ich alles Gute wünsche!"

Damit breitete er die Flügel aus, nickte den Apothekerskindern zu und verschwand in der Finsternis.

Gute Nachrichten

Kaum hatte am nächsten Mittag die Rathausglocke zwölf Uhr geschlagen, da stürzte das kleine Gespenst zum Kellerfenster hinaus in den Apothekersgarten, wo Herbert und seine Geschwister es schon erwarteten.

„Na und?", rief es aufgeregt. „Habt ihr etwas erreichen können? Ja oder nein?"

„Sie dürfen beruhigt sein, es hat alles geklappt", sagte Herbert; und Jutta ergänzte mit strahlender Miene: „Ich hoffe, Sie werden zufrieden sein. Es sieht ganz so aus, als ob wir Ihnen helfen können."

„Wirklich?!" Das kleine Gespenst war so glücklich über die gute Nachricht, dass es vor Freude zu hüpfen anfing. „Erzählt doch!", bat es in höchster Aufregung. „Bitte, erzählt doch!"

Aber Herbert entgegnete: „Gehen wir lieber ins Gartenhäuschen, dort stört uns niemand. Und außerdem möchte ich Ihnen zuvor den Schlüsselbund mit den dreizehn Schlüsseln zurückgeben, schönen Dank dafür!"

„Bitte, bitte, wenn er euch nur genützt hat!"

Im Gartenhäuschen war es gemütlich eng. Wie Verschwörer hockten die vier um den runden Gartentisch.

„Nun aber los! Ich will endlich wissen, woran ich bin!"

Herbert und seine Geschwister berichteten von dem Gespräch mit dem Uhu Schuhu und dass er vermute, das Missgeschick, das dem kleinen Gespenst widerfahren sei, stehe in irgendeinem geheimen Zusammenhang mit der Rathausuhr.

„Zuerst haben wir wenig mit diesem Hinweis anfangen können", gab Günther zu. „Aber dann haben wir uns gesagt: Was die Rathausuhr angeht, da fragt man am besten den Uhrmachermeister Zifferle. Wir also hin zu ihm – und was, glauben Sie, hat sich dabei herausgestellt?"

„Was denn?“, fragte das kleine Gespenst.

„Herr Zifferle hat uns erzählt“, sagte Jutta, „dass er vor sechzehn Tagen im Auftrag des Bürgermeisters die Rathausuhr überholen musste. Morgens um sieben hat er das Uhrwerk abgestellt. Hernach hat er volle zwölf Stunden lang an der Uhr gearbeitet, bis um sieben Uhr abends.“

„Und dann, nach zwölf Stunden also“, fuhr Herbert mit wichtiger Miene fort, „hat er die Rathausuhr wieder in Gang gesetzt, der Herr Zifferle – und zwar ließ er sie einfach dort weiterlaufen, wo sie am Morgen stehen geblieben war. Auf dem Zifferblatt bleibt es sich schließlich gleich, ob es sieben Uhr früh oder sieben Uhr abends ist.“

„Aber eben bloß auf dem Zifferblatt!“, hakte Günther ein. „In Wirklichkeit geht die Rathausuhr seither um zwölf Stunden nach: Wenn es Mitternacht ist, schlägt sie Mittag; und wenn es Mittag ist, schlägt sie Mitternacht! Das hat niemand im ganzen Städtchen gemerkt, denn es ist niemand dabei zu Schaden gekommen – mit einer Ausnahme …“

„Und die Ausnahme, die bin ich!“, rief das kleine Gespenst, das allmählich begriffen hatte, wie alles zusammenhing. „Bloß weil die Rathausuhr nachgeht, wache ich neuerdings immer zu Mittag auf, statt um Mitternacht!

Die Geschwister nickten. Sie zweifelten nicht daran, dass die Sache sich so verhielt.

„Ihr glaubt also wirklich, dass ihr mir helfen könnt?"

„Das glauben wir", sagte Herbert.

„Und deshalb", erklärte Günther, „steigen wir heute Abend um sieben mit dem Herrn Zifferle auf den Rathausturm ..."

„Und dann", setzte Jutta fort, „wird die Rathausuhr einfach um zwölf Stunden weitergedreht, bis sie wieder stimmt."

„Das ist alles?", staunte das kleine Gespenst.

Ja, das sei alles, sagten die Apothekerskinder. Sollte es fehlschlagen, wüssten sie nicht, was sonst helfen könnte.

„Aber es wird schon klappen!", rief Jutta zuversichtlich; und Günther beteuerte: „Selbstverständlich klappt es!"

„Ach, Kinder!", seufzte das kleine Gespenst und verdrehte die weißen Augen dabei. „Wenn ihr recht behieltet – es wäre nicht auszudenken!"

Dann schwärmte es den Geschwistern vor, wie sehr es sich darauf freue, wieder als Nachtgespenst durch die Burg zu geistern, und dass es sich überhaupt nichts Schöneres denken könne. Und so schwärmte es, bis die Mittagsstunde beinahe zu

Ende war. Da fiel ihm auf einmal der Brief an den Bürgermeister ein.

„Den Brief könnt ihr heute Abend zur Post bringen", sagte es. „Ob wir Glück haben mit der Rathausuhr oder nicht – morgen um diese Zeit werde ich jedenfalls nicht mehr im Städtchen Eulenberg sein, das steht fest."

Dann wollte es sich empfehlen, um in den Keller zu schlüpfen. Doch Jutta ließ das nicht zu. Sie bestand darauf, dass das kleine Gespenst diesmal nicht im Keller schlief, sondern im Gartenhäuschen, wo sie ihm mit den Kissen aus ihrem Puppenbett in der Sitztruhe ein bequemes Lager richtete.

„Schlafen Sie wohl – und viel Glück beim Erwachen!", wünschte sie ihm, bevor sich Schlag eins über ihm der Deckel schloss.

Lass dich nicht aufhalten, kleines Gespenst

Abends um sieben, nachdem sie den Brief an den Bürgermeister zur Post gebracht hatten, stiegen die Apothekerskinder mit dem Uhrmachermeister Zifferle auf den Rathausturm und Herr Zifferle drehte mit einem großen Schraubenschlüssel die Zeiger der Rathausuhr um zwölf Stunden vor, bis die Zeit auf dem Zifferblatt und die Tageszeit wieder übereinstimmten.

„So, das hätten wir“, meinte er, als die Arbeit getan war. „Hoffentlich hilft es auch!“

Die Frau Apotheker konnte sich nicht erklären, weshalb die Kinder heute sofort nach dem Abendessen ins Bett gingen. Aber die letzte Nacht war für Herbert und seine Geschwister ein bisschen zu kurz gewesen. Sie stellten den Wecker auf zehn Minuten vor zwölf, dann fielen ihnen vor Übermüdung die Augen zu.

„Ich möchte bloß wissen, was mit den Kindern los ist“, sagte die Frau Apotheker voll Sorge zu ihrem Mann. „Sie werden uns doch nicht krank werden?

Bisher sind sie in ihrem ganzen Leben bloß zweimal freiwillig schlafen gegangen. Das eine Mal haben sie tags darauf Mumps bekommen, beim zweiten Mal Scharlach. Es werden doch diesmal hoffentlich nicht die Masern sein oder die Windpocken!"

Herbert und Günther schliefen so fest und tief, dass sie sich vom Gerassel des Weckers nicht stören ließen. Glücklicherweise erwachte wenigstens Jutta davon und mit einiger Mühe schaffte sie es, die Brüder munter zu kriegen.

„Rasch aufstehen, Günther und Herbert, gleich ist es so weit! Jeden Augenblick muss es zwölf Uhr schlagen!"

Vom Fenster aus konnten die Kinder das Gartenhäuschen beobachten. Es war eine finstere Nacht heute. Der Mond hielt sich hinter dichtem Gewölk verborgen. Nur gut, dass nahe am Zaun eine Straßenlaterne stand, deren Licht bis zum Gartenhäuschen hinüberschimmerte!

„Hoffentlich warten wir nicht umsonst", meinte Günther zweifelnd.

„Hoffentlich nicht", sagte Herbert genauso unsicher.

Nur Jutta war fest davon überzeugt, die Sache werde ein gutes Ende nehmen. Sie blieb ruhig und voller Zuversicht – bis zu dem Augenblick, als die

Rathausglocke zu schlagen begann. Da bekam auch sie starkes Herzklopfen und atemlos zählte sie jeden einzelnen Glockenschlag mit.

Vier helle Schläge, zwölf dunklere ... Es war Mitternacht!

Die Geschwister wagten sich nicht zu rühren. Sie starrten zum Gartenhäuschen hinüber.

Da, seht doch! – Nun öffnete sich auf einmal die Tür drüben und heraus huschte eine dunkle Gestalt. Sie war klein und schwarz und sie hatte weiße Augen, die in der Finsternis leuchteten wie zwei silberne Monde.

„Da ist es!“, rief Jutta und musste vor Freude schlucken. „Da ist es ja!“

Das kleine Gespenst kam zu ihnen ans Fenster geschwebt. In der Linken trug es den Schlüsselbund, mit der Rechten winkte es den Geschwistern zu.

„Ich danke euch, liebe Kinder, ich danke euch tausendmal! Es ist nicht zu beschreiben, wie glücklich ihr mich gemacht habt durch eure Hilfe. Hätte ich einen Schatz zu hüten, ich schenkte ihn euch. Aber alles, womit ich euch danken kann, ist ein guter Wunsch. Und so wünsche ich euch, dass ihr wenigstens einmal im Leben so glücklich sein dürft, wie ich es heute bin.“

„Das ist lieb von dir“, sagte Jutta und keines der

Kinder stieß sich daran, dass sie das kleine Gespenst geduzt hatte.

Auch das kleine Gespenst fand das ganz in Ordnung.

„Nicht wahr, ihr seid nicht böse, wenn ich mich jetzt empfehle?", sagte es. „Aber es zieht mich gewaltig zurück nach dem Eulenstein. Ich kann es schon kaum erwarten, bis ich zu Hause bin."

„Aber klar", sagte Günther; und Herbert meinte:

„Lass dich nicht aufhalten, kleines Gespenst, wir verstehen das."

Wieder Mondschein

Nun schwebte das kleine Gespenst nach Hause: über die Dächer des schlafenden Städtchens hinweg zum Rathaus, vom Rathaus über den Grünen Markt nach dem Oberen Tor und vom Oberen Tor zu der Burg hinauf.

„Lebt wohl da unten, ihr Bürger von Eulenberg! Ihr habt in den beiden letzten Wochen allerlei Ärger mit mir gehabt, doch nun seid ihr mich endlich los und das ist die Hauptsache. Jedenfalls habe ich nicht die geringste Absicht, mich jemals wieder im Städtchen zu zeigen. Ich bleibe von nun an dort, wohin ich gehöre. Von meiner Burg soll mich nichts mehr weglocken, nicht einmal meine eigene Neugier!"

Dreimal umkreiste das kleine Gespenst die Mauern des Eulensteins, dreimal den Burgturm und dreimal das Herrenhaus mit dem Rittersaal. Alles war unverändert, obwohl es ihm vorkam, als sei es seit einer Ewigkeit nicht mehr hier gewesen.

„Ob ich dem General meine Aufwartung mache?", dachte es. „Aber nein, das hat Zeit bis zur nächsten Regennacht. Heute habe ich etwas sehr viel Wichtigeres zu erledigen ..."

Der Uhu Schuhu saß im Geäst der hohlen Eiche und wunderte sich kein bisschen, als plötzlich das kleine Gespenst heranschwebte und sich an seiner Seite niederließ.

„Sie gestatten, Herr Schuhu?"

„Ich wüsste nicht, was ich lieber gestattete."

Eine Zeit lang hockten die beiden Freunde nebeneinander und schwiegen.

„Man hat Ihnen also geholfen?", fragte der Uhu schließlich.

„Man hat, wie Sie sehen", sagte das kleine Gespenst. „Der Rat, den Sie Jutta und ihren Brüdern gestern gegeben haben, war Gold wert. Ich danke Ihnen dafür!"

„Bitte, bitte, mein Lieber!" Der Uhu plusterte sein

Gefieder auf. „Es war, unter uns gesagt, reiner Eigennutz."

„Eigennutz ..."

„Reiner Eigennutz!", wiederholte der Uhu und nickte dabei zur Bekräftigung mit dem Kopf. „Ich fand es allmählich langweilig ohne Sie. Das Leben gefällt mir bedeutend besser, wenn jemand da ist, der einem Gesellschaft leistet. Sie haben gewiss eine ganze Menge erlebt in Eulenberg. Bitte, erzählen Sie!"

„Wie Sie wünschen", sagte das kleine Gespenst.

Es wollte gerade anfangen, seine Abenteuer im Städtchen zum Besten zu geben: wie es den Schutzmann erschreckt und die Marktfrauen auf dem Grünen Markt verscheucht hatte, seinen Auftritt im Rathaus und die Geschichte mit Torstenson und den Schweden, die keine waren – da geschah etwas Unerwartetes, etwas, wodurch es am Weitererzählen gehindert wurde, bevor es noch richtig damit begonnen hatte.

Auf einmal trat nämlich hinter dem dichten schwarzen Gewölk, das den Himmel bedeckte, der Mond hervor, groß und rund, eine Scheibe von blankem Silber.

Und einer der silbernen Mondstrahlen traf das kleine Gespenst.

Und dem kleinen Gespenst wurde unsäglich wohl zumute. Es fühlte sich leicht und frei, viel leichter und freier, als es sich je gefühlt hatte.

Und dann merkte es plötzlich: Ich bin ja auf einmal kein schwarzes Gespenst mehr, ich leuchte ja wieder, ich bin ja weiß!

„Ich bin weiß!", rief es staunend und glücklich aus. „Ich bin weiß, ich bin weiß, ich bin weiß, weiß, weiß, weiß!"

Da lachte der Uhu Schuhu und meinte: „Das wundert Sie wohl? Aber eigentlich ist es ganz einfach und selbstverständlich, mein lieber Freund. Die Sonne war schuld daran, dass Sie schwarz wurden – und der Mond hat Sie wieder weiß gemacht. So ist das nun mal und ich finde, Sie sollten sich langsam wieder beruhigen."

Aber das kleine Gespenst war vor Freude ganz außer Rand und Band. Es hörte nicht auf den Uhu Schuhu, es konnte und konnte sich nicht beruhigen.

Bis zum Ende der Geisterstunde tanzte es auf den Mauern der Burg umher.

Es hüpfte im Mondschein von Zinne zu Zinne und freute sich.

Es freute sich unbeschreiblich darüber, dass es nun wieder weiß war wie früher.

Blütenweiß.

Weißer als eine Wolke Schneestaub.

Inhaltsverzeichnis

Otfried Preußler
Der Räuber Hotzenplotz
Band 1 · 120 Seiten in Farbe
ISBN 978-3-522-18319-2

Der Räuber Hotzenplotz hat Großmutters Kaffeemühle gestohlen! Kasperl und Seppel wissen, was zu tun ist. Sie müssen ihn fangen. Aber das ist gar nicht so einfach. Denn als Kasperl und Seppel ihm eine Falle stellen, geraten sie selber in die Fänge vom Räuber Hotzenplotz und vom bösen Zauberer Petrosilius Zwackelmann.

Otfried Preußler
Neues vom Räuber Hotzenplotz
Band 2 · 128 Seiten in Farbe
ISBN 978-3-522-18320-8

Der Räuber Hotzenplotz ist entkommen. Und hat auch noch die Großmutter entführt. Kasperl, Seppel und Wachtmeister Dimpfelmoser sind bestürzt. Was sollen sie nur tun? Hoffentlich hat Frau Schlotterbeck, die Hellseherin, einen guten Rat für sie ...

Otfried Preußler
Hotzenplotz 3
Band 3 · 120 Seiten in Farbe
ISBN 978-3-522-18321-5

Der Räuber Hotzenplotz ist wieder da! Und versetzt Kasperl, Seppel, die Großmutter und Wachtmeister Dimpfelmoser in helle Aufregung. Zwar will er seinen Räuberhut an den Nagel hängen, aber auch ein ehemaliger Räuber muss schließlich von etwas leben ...

Paula Noronen
Mission Meerschweinchen
Emilia und der beste Witz der Welt
192 Seiten
ISBN 978-3-522-18331-4

Emilia wünscht sich nichts sehnlicher als ein Meerschweinchen. Und endlich wird ihr Wunsch erfüllt! Nachdem ihr neues Meerschweinchen sie in den Finger zwickt, hat Emilia einen seltsamen Traum: Ein Riesenmeerschwein erzählt ihr, dass sie nur einen Schluck aus der Trinkflasche ihres Meerschweinchens nehmen muss, um sich selbst in ein menschengroßes Meerschweinchen mit Superkräften zu verwandeln. Verrückt! Aber tatsächlich – Emilia wird zum Super-Meerschweinchen ...

Hilde E. Gerard
Heinrich Ooooh und die Schwarzen Sieben
176 Seiten
ISBN 978-3-522-18337-6

Heinrich Ooooh und seine Zwillingsschwester Hannelore leben in einem Hotel für Gespenster, Skelette und andere unheimliche Wesen ... Weil die Eltern ständig anderes zu tun haben, führen die Geschwister den Laden fast alleine. Alles funktioniert reibungslos, bis eines Tages seltsame Gäste im Hotel auftauchen: Menschen! Dafür ist das Hotel gar nicht ausgestattet, die Menschen können ja schlecht in Särgen untergebracht werden! Und dann verschwinden auch noch nach und nach die nicht-menschlichen Bewohner. Was geht da vor?

Noch mehr spannende Abenteuer!

THIENEMANN

Max Kruse
Urmel saust durch die Zeit
176 Seiten
ISBN 978-3-522-18353-6

„Hilfe! Hilfe, Professor!" Das ewig neugierige Urmel katapultiert sich versehentlich mit dem Zeitgleiter in die Vergangenheit. Zum Glück sind Tim, Wawa und Ping dabei. Der Professor versucht, sie in die Gegenwart zurückzuholen, wobei Wutz von einer Ohnmacht in die andere fällt. Die Reise ist ja alles andere als harmlos! Vom Ufer der Ursuppe geht es über die Entwicklung des ersten Lebens, die Dinosaurier und Steinzeithöhlen in die erste Siedlung der Menschen. Hoffentlich gelingt die Rückkehr nach Titiwu!

Karen McCombie
Ruby, Keinhörnchen und die verzauberten Süßigkeiten
144 Seiten
ISBN 978-3-522-18369-7

Hallo! Ich bin Ruby. Soll ich euch ein Geheimnis verraten? Bei mir hinten im Garten lebt ein süßes, kleines Etwas. Es sieht ein bisschen aus wie ein Eichhörnchen mit Flügeln, legt aber großen Wert auf die Feststellung, dass es KEIN Hörnchen ist. Nur Jackson und ich wissen von ihm. Aber es ist ganz schön schwierig, das Geheimnis zu wahren! Unser KEINhörnchen kann nämlich sprechen, richtet mit Vorliebe Chaos an und was es tut, wenn es sich ärgert, wollt ihr lieber nicht wissen! Oder vielleicht doch?